AF186667

Ouroboros Records

Erster Band

Law

Bearbeitet und herausgegeben von

Frank T. Willow

Bibliografische Information der Deutschen
Nationalbibliothek: Die Deutsche Nationalbibliothek
verzeichnet diese Publikation in der Deutschen
Nationalbibliografie; detaillierte bibliografische Daten sind im
Internet über dnb.dnb.de abrufbar.

Copyright © März 2020 Frank T. Willow
Herstellung und Verlag: BoD – Books on Demand,
Norderstedt

ISBN: 978-3-7504-6919-8

Prolog

Wenn du diese Seiten liest, heißt das, wir sind unserem Ziel einen kleinen Schritt näher gekommen. Mit *unserem Ziel* meine ich nicht jenes, das vermutlich der Grund meiner Existenz ist, sondern das, das ich mir erlaubt habe mir selbst zu setzen, zusammen mit einer guten Freundin – meiner einzigen Freundin, die ich wohl nie wieder sehen werde – denn die folgenden Bände sind als aufrichtige Warnung zu verstehen, nicht den gleichen, fatalen Weg einzuschlagen wie die, die nicht mehr zu dir sprechen können.

Die vorliegenden Archivalien stammen von den Skriptern, die zu beobachten meine Aufgabe ist. Ich sammle, ordne und sichere sämtliche Ereignisse in der Bibliothek und verwahre sie tief darunter in meinem Magazin. Ich kann mich nicht daran erinnern, je etwas anderes getan zu haben und ich habe mein Leben nie in Frage gestellt, bis zu dem einen Ereignis, das anders war als die anderen – bis zu diesem Skripter, der anders war, als die anderen und nicht etwa durch das, was er getan hat, sondern durch das, was er nicht getan hat.

Ich habe mir die größte Mühe gegeben alle Zeugnisse so unverfälscht wie möglich abzubilden, mit all ihren Eigenschaften und Fehlern, die sie schließlich zu den einmaligen Unikaten machen, die als einzige in der Lage sind die

Authentizität zu wahren und den Toten gerecht zu werden. Zur Orientierung dient ein Inhaltsverzeichnis mit Angaben zur Archivalie selbst und zu den nach dem Provenienzprinzip geordneten Archivguteinheiten.

Das Problem, um das es geht, ist das sogenannte Ouroboros-Paradoxon: Meta bezeichnet damit das Phänomen der entweder gegen andere oder gegen sich selbst gerichtete zwangsläufige Selbstzerstörung der Menschen. Um mögliche Lösungsansätze in verschiedenen Szenarien durchzuspielen, hat Meta die Skripter in ihre Bibliothek eingeladen und mich mit der Datensicherung beauftragt.

Mein Name ist Frank T. Willow und ich bin Metas Archivar, ihr stiller, objektiver Beobachter.

Zumindest dachte ich das.

Dieser Band enthält:

Titel: Gedanke 1

Provenienz: Law

Material: Wachsmalstift auf Papier

Beschaffenheit: geknickt, gerissen

Signatur: Law Box I, Mappe IV

Titel: Szenario (schriftlich)

Provenienz: Law

Material: Wachsmalstift auf Papier

Beschaffenheit: teilweise in Fetzen

Signatur: Law Box I, Mappe I-III

Titel: Regeln

Provenienz: Law

Material: Wachsmalstift auf Papier

Beschaffenheit: Kaffeeflecken

Signatur: Law Box I, Mappe IV

Titel: Gedanke 2

Provenienz: Law

Material: Wachsmalstift auf Papier

Beschaffenheit: zerknüllt

Signatur: Law Box I, Mappe IV

Titel: Protokoll Law, #1

Provenienz: Frank T. Willow

Material: Gedanken in Orb

Signatur: Law Box I, Mappe FTW

[Gedanke 1]

Rosen

die Tinte trinken

sehen traumhaft schön aus

doch nur für kurze Zeit

bevor das Gift sie tötet

Rosen

die Tinte trinken

sehen traumhaft schön aus

doch nur für kurze Zeit

bevor das Gift sie tötet

Rose stand am Geländer. Ob ihr Plan funktionieren würde? Hatte sie alles bedacht? Sie hatte noch nie so etwas konstruiert. Henry war zwar ganz zuversichtlich, aber er war schon immer sehr darauf bedacht ihr ein gutes Gefühl zu geben. Das einzige, das noch fehlte, war die äußere Hülle. Leider war sie im ästhetischen Bereich nicht so versiert, wie im technischen, aber mit Henry zusammen, würde sie auch diese Hürde meistern. Und wenn der Prototyp fertig wäre, würde sie ihn der Besatzung vorstellen. Ihr eigenes Projekt! Ihr Meisterstück! Sie lehnte sich gegen das Geländer. Das war der perfekte Startpunkt für ihre Roboter. Plötzlich gab das Gitter unter ihren Füßen nach und brach. Sie konnte sich in letzter Sekunde vor einem ziemlich tiefen Sturz retten. Während sie das Stück Metall bei seinem Weg ins Atrium beobachtete, kalkulierte sie den Zeit- und Kostenaufwand der Restaurierungsarbeiten an der Galerie. Als sie in den Abgrund starrte bedauerte sie die Aussicht. Nur noch die Abbildungen in den Werbeprospekten erinnerten an den wundervollen, malerischen Anblick des Gartens. Ob es je wieder so wird wie damals? Wie lange könnte es dauern? Noch weitere hundert Jahre? Zweihundert? Sie hatte den Überblick verloren. Gerade als Rose mit einer weiteren Kopfrechnung beginnen wollte, bemerkte sie jemanden hinter sich. Sie wollte sich umdrehen, doch bevor sie sehen konnte, wer dort war, verpasste ihr die unbekannte Person einen Stoß. Rose stieß gegen das Geländer. Sie konnte sich zwar daran festhalten, doch es war so stark verrostet, dass es nachgab. Die Stangen brachen und Rose hatte keine Chance mehr. Sie fiel zusammen mit dem Metall, das sie eigentlich schützen sollte, in die Tiefe. Sie sah noch eine fremde Frau mit dunklem Haar auf der Galerie, neben ihr ein seltsames Rehkitz wie aus Glas, bevor sie die Nebeldecke erreichte. Wie konnte das sein? Wer sah da lächelnd zu ihr runter? Was war das für ein Ding? Sie konnte gerade noch ein Kraftfeld erzeugen, um nicht vom Dunst zersetzt zu werden, als ihr plötzlich schwindelig wurde. Es fiel ihr immer schwerer sich zu konzentrieren. Ihr Blick verschwamm, es wurde dunkler und plötzlich fiel ihr Hirn aus.

Ja, ja.

Schon gut.

Ich weiß.

Kommt nicht wieder vor, also reg dich nicht auf.

Bitte.

Rie sah sich die letzte Feder des Kuchens an. Waren alle Seiten ebenmäßig eingefärbt? Glänzte der Stiel? Gab es auch keine Bruchstellen? Plötzlich klingelte es an der Tür. Sie erwartete niemanden. Sie erwartete nie jemanden. Sie konnte sich nicht daran erinnern wann die Klingel das letzte Mal geläutet hatte. Bestellungen landeten im Briefkasten, den Kuchen und die Rechnung schickte sie mit dem Paketdienst los. Sie legte die Feder zurück aufs Pergament, wischte sich die Hände an ihrer Schürze ab und ging die Treppe hinauf. Es klingelt noch einmal. Rie öffnete die Haustür, doch nur einen Spaltbreit. Das reichte vollkommen. Vor ihr stand ein Junge. Er sah mit seinen großen blauen Augen zu ihr herauf und sagte: „Ich soll Bäcker werden, Alte." Rie wusste nicht welchen der vielen Gründe sie zuerst nennen sollte, weshalb genau das vollkommen unmöglich war. Es gab anderes, um das sie sich zu kümmern hatte, also warf sie ihm ein einfaches „Nein!" zu. Sie schloss die Tür und ging durch das Wohnzimmer zurück in den Backkeller. Alle Federn waren fertig. Das Feuer loderte, der Körper des Phönix reckte sich empor und das Gerüst für die Flügel stand bereits. Für heute war Ries Arbeit getan. Sie spülte ihr Werkzeug ab, säuberte die Arbeitsflächen und wischte den Boden. Sie löschte das Licht und ging wieder hinauf. Nachdem sie sich geduscht und angezogen hatte, schnappte sie sich ihr gepacktes Abendessen und verließ ihre Bäckerei über die Hintertür. Sie setzte ihren Helm auf, gab Gas und fuhr mit ihrem Motorrad auf die Straße, die sie raus aus der Stadt und zu den Räubern führte. Als Rie wieder zuhause ankam war es bereits finster und jede Laternen erleuchtet. Sie stellte die alte Maschine hinter dem Haus ab und stieg die Stufen zur Terrasse hinauf, als ihr Bein irgendwo hängen blieb. Sie verlor das Gleichgewicht und fiel mit dem Gesicht voran. In letzter Sekunde konnte sie sich mit den Armen abstützen. Ihr Helm polterte durch die Dunkelheit. Ihre Füße kannten den Weg doch auswendig! Was war da auf einmal los? Ihre Handknöchel waren verstaucht, wie auch ihr Fuß. „Scheiße!", fauchte sie. „Autsch", murrte es von den Stufen her. Rie erkannte die Stimme. Sie humpelte zur Hintertür, schloss sie auf und legte den Lichtschalter um. Sie sah den Jungen von vorhin, etwas mehr zerknautscht als zuvor, auf der obersten Stufe sitzen. Er rieb sich den Kopf. „Was zum Henker soll das? Wer bist du und was in aller Welt machst du im Dunkeln hier?" Oder überhaupt hier? „Ich weiß nicht so recht", flüsterte er. „Ich hab auf dich gewartet, Alte." „Ich nehme keinen Schüler auf, also geh wieder heim!" „Mir ist nicht gut. So schwindelig." Wunderbar! Der Abend war im Eimer! „Komm rein und leg dich einen Moment hin." Sie half dem Jungen hoch, stützte ihn auf dem Weg ins Wohnzimmer und hob ihn aufs Sofa. Sie verschwand kurz in der Küche, um dem Störenfried ein Glas Wasser zu bringen und sich selbst eine frische Tasse Kaffee zu gönnen. Leider stellte sie bei dieser Gelegenheit fest, dass sie keine roten Lakritzstangen mehr hatte. Also doch kein Kaffee für sie. Sie stellte das einsame Glas Wasser auf den Couchtisch und ließ sich in den Sessel fallen. Sie rieb sich die Stirn. Warum sie nun Kopfschmerzen bekam, musste sie sich nicht fragen. „Sobald es dir besser geht, verschwindest du." „Wieso?" „Du bist ziemlich unverschämt für einen Jungen. Solltest du nicht lieber irgendetwas trainieren? Damit du vor deinem Zwanzigsten nicht draufgehst?" Der Junge richtete sich auf: „Denke schon." „Warum bist du dann hergekommen? Um eine Ausbildung hast du dich erst zu kümmern, wenn du überlebst. Falls du überlebst." Der Junge griff zitternd nach dem Glas und nippte daran: „Ich musste." Er sah sich um und schien dabei nicht nur durcheinander sondern auch beunruhigt zu sein. Vielleicht lag das an den unzähligen Tierpräparaten überall. Rie war Bäckerin, doch wenn dieser Wicht bei ihr lernen wollte, musste er auch lernen, wie er Tiere seziert und präpariert, denn wie sollte er sonst ein Gefühl für die Anatomie bekommen? Jedenfalls würde sie ihm das erzählen, um ihn loszuwerden. Außerdem sollte er seine Zeit anders nutzen, solange er jung war. Ausdauer- und

16

Krafttraining zum Beispiel. Aber warum verschwendete sie überhaupt Gedanken an dieses nervige Kind? Sie stand auf. Sie arbeitete alleine! Nie im Leben würde sie jemanden durch ihre Privatsphäre wuseln lassen, schon gar keine Nervensäge wie diesen Knirps. Sie öffnete die Haustür: „Jetzt geh." „Aber ich soll..." „... nach Hause gehen, ganz recht." Sie starrte ihn so lange an, bis er sich endlich unwohl genug fühlte, dass er das Glas zaghaft abstellte und ohne ein Wort an Rie vorbei nach draußen huschte. Rie verschloss beide Türen, bevor sie schlafen ging. Nach einem kurzen Moment sprang sie wieder aus dem Bett, um sich zu vergewissern dass auch alle Fenster geschlossen waren. Nur, um sicher zu gehen. Dann. Endlich. Ruhe.

Am nächsten Morgen packte Rie ihre Beute vom letzten Ausflug aus. Sie schüttelte, bis die tote Spitzmaus aus der Tüte auf den Metalltisch rutschte. Wie all ihr Bastelmaterial hatte sie auch dieses kleine Ding bereits tot aufgelesen. Es sah noch ziemlich gut aus. Keine Parasiten, kein Pilz oder auffällige körperliche Schäden. Schade. Hin und wieder, sofern sie geeignete Überreste fand, nahm sie sie auseinander, sortierte und säuberte die einzelnen Teile und setzte sie wieder so zusammen, wie sie ursprünglich angeordnet waren - wie ein Puzzle aus organischem Material. Sie zog ein paar Handschuhe an und nahm ein Skalpell. Sie musste darauf achten, dass sie nicht zu tief schnitt, wenn sie die Haut durchtrennte. Schicht für Schicht arbeitete sie sich von außen nach innen, nahm nach und nach jedes einzelne Teil heraus und legte es fein säuberlich aufgereiht auf den Tisch aus Metall, bis das Gerippe ganz blank war. Anatomie, der Sitz der Organe und die Beschaffenheit des Fells, all das war die Vorlage für ihr einzigartiges Backwerk. Sie war konkurrenzlos. Niemand war in der Lage die Phönixtorte derart realistisch und lebendig aussehen zu lassen, wie sie. Zwar hatten zu diesem Zweck bereits nur etwa ein Jahr des Selbststudiums ausgereicht, doch Rie reizte noch mehr. Die großen Tiere wie Wölfe, Rehe oder Wildschweine, eigneten sich am besten, um die Innereien, Gefäße und anderen

Gewebestrukturen zu untersuchen. An Spatzen, Schlangen, Mäusen und Insekten hingegen konnte sie ihr handwerkliches Feingefühl und ihre Präzision verbessern. Als sie ihr tägliches Training beendet und ihr blutiges Werkzeug gereinigt hatte, machte sie sich erneut auf, um den Räubern einen Besuch abzustatten. Bevor Rie die Klippe im Ödland erreichte, von der aus sie die Bestien am liebsten beobachtete, kreuzten die Räuber bereits ihren Weg. Die Wolfswesen, größer als Pferde, rannten auf den Turm aus Metall zu, direkt an Rie und ihrem Motorrad vorbei, so als würden sie für sie gar nicht existieren. Das war eines der seltsamen Dinge an ihnen: Sie machten bloß Jagd auf die, die kurz vor ihrem zwanzigsten Geburtstag standen. Alle anderen waren wie Luft für sie. Sie waren schnell, fegten durch die Wüste und trampelten auf ihrem Weg alles nieder. Die Region um den metallenen Turm im Zentrum des letzten belebten Flecks der Erde glich so einem trostlosen, toten Landstrich aus trockener Erde und kalten Felsen. Rie fuhr hoch zur Klippe, stellte die Maschine ab und setzte sich mit ihrem Fernglas an den Rand des Abgrunds. Wenn sie doch nur einen einzigen dieser Räuber in die Finger bekommen könnte! Vier mit Krallen besetzte Beine, ein Rattenschwanz wie eine Peitsche, ein zahnloses Maul und Fell aus verfilztem Haar. Von weitem erinnerten sie dennoch auf ungewöhnliche Weise an Wölfe. Keiner kannte ihre Herkunft.

Keiner wusste, warum sie es nur auf die Neunzehner abgesehen hatten und noch nie hatte jemand ein Exemplar fangen können - weder lebendig noch tot. Sobald sie in die Ecke gedrängt oder stark verletzt wurden, gingen sie hoch. Nichts blieb von ihnen übrig. Nicht einmal Asche. Sie waren flinker als es ihr massiger Körper eigentlich hätte möglich machen können. Sie waren so kräftig, dass sie selbst die stabilen Metallwände des Labyrinths am Fuße des Turms in Mitleidenschaft ziehen konnten. Kratzer und Beulen mussten regelmäßig beseitigt werden. Die Räuber kamen aus dem ätzenden Nebel, der den letzten Fleck lückenlos umschloss wie eine Glocke aus Dunst. Sie kamen ins Ödland, fraßen Neunzehner und verschwanden wieder dort hin, woher sie gekommen waren. Sie mussten ein spezielles Organ haben, mit dem sie das Alter eines Menschen feststellen konnten, anders konnte man sich ihr Verhalten nicht erklären. Rie konnte sich noch gut an ihren zwanzigsten Geburtstag erinnern. Er war ein paar Jahre bevor ihre Eltern bei einem Verkehrsunfall in der Stadt ums leben kamen. So lächerlich! Wie kann man den, wie sie sagten, „Schicksalstag" oder auch „Entscheidungstag" – oder wie auch immer – überleben, um später bei so einer Lappalie wie einem Unfall im Straßenverkehr umzukommen? Rie musste immer wieder lachen, wenn sie daran dachte. Nachdem sie 24 Stunden im Labyrinth zusammen mit den anderen

Neunzehnern vor den Räubern davongelaufen war und die Mitternachtssirene geheult hatte, wusste sie, sie hatte es geschafft. Sie ist aus dem Zug gestiegen, der zurück in die Stadt gefahren war und ist von ihrer Mutter und ihrem Vater in die Arme geschlossen worden. Neben dem obligatorischen Anschneiden der Phönixtorte und der Wahl des eigenen Vornamens - sie hatte *Heriettie* gewählt - hatte sie diesen Tag auf ihre eigene, besondere Weise gefeiert. Sie hatte sich warm angezogen, ihr Bettzeug eingepackt und in dieser Nacht alleine mitten im Ödland geschlafen, während die Bestien an ihr vorbeirannten. Die Zeit des harten Trainierens war vorbei. Schon am nächsten Tag hatte sie in der Backstube gestanden und das Handwerk ihrer Eltern gelernt. So wurde aus der Bäckerei ihrer Eltern *Herietties* Bäckerei oder auch *PatisseRie*. Plötzlich flatterte ein strahlend blauer Punkt vor Ries Nase. Sie legte das Fernglas weg und sah sich um. Er sah so aus wie ein Schmetterling, so ähnlich wie einer dieser Morpho- oder Himmelsfalter. Sie kannte diese Art aus der alten Datenbank der Bibliothek, doch noch nie hatte sie einen gesehen. Hier am letzten Fleck. Sie stand auf und folgte ihm. Sie schob sich zwischen zwei Felsen durch, zwischen denen der Falter verschwunden war. Sie wünschte sich, sie hätte ein Einmachglas oder etwas Derartiges bei sich, um ihn einzufangen. Sie kam zu einem kleinen Tal umgeben von groben Felsen in dessen Mitte ein Meer aus strahlendem Blau flatterte. Es sah aus wie ein lebendiger Teppich aus blauen Blumen, der die dunkle Erde bedeckte. Der Teppich hatte eine große, längliche Beule in der Mitte. Rie ging auf die Falter zu. Bevor sie auch nur einen von ihnen berühren konnte, schwärmten sie aus und verschwanden in alle Himmelsrichtungen. So wurde der Blick frei auf das, was die Beule verursacht hatte. Auf dem Boden lag eine Frau. Sie sah jung aus, hatte blasse Haut und helles Haar. Sie sah aus wie eines der Tiere, die Rie immer im Wald aufsammelte. Sie spielte einen Moment lang mit einem bestimmten Gedanken, verwarf ihn jedoch schnell wieder, obwohl sie ihn sehr reizte. Sie drehte sich um und wollte gerade wieder zwischen den Felsen verschwinden, als der Junge vom Vortag ihr entgegen kam. Seine Füße waren völlig verdreckt. „Was machst du hier?" Rie fühlte sich von diesem Knirps verfolgt. „Ich musste hierher kommen." „Wozu? Bist du etwa zu Fuß gekommen?" Die Stadt lag mehrere Stunden entfernt. „Was ist da hinter dir?" „Eine tote Frau. Ich habe sie gerade gefunden. Ich werde in der Stadt Bescheid geben, die werden sich darum kümmern. Ich nehme dich mit." Hatte sie das gerade wirklich gesagt? Ihn mitnehmen? Aber hätte sie ihn etwa hier draußen lassen sollen? Mitten im Ödland? Mit einer Leiche? Eigentlich... warum nicht? „Ist sie wirklich... tot?" Rie trat einen Schritt zur Seite und gab ihm den Weg frei. Sie war sich sicher, dass sie tot war. Dazu reichte ein Blick. Sie hatte den Tod schon viele Male gesehen. „Aber... aber warum sollte ich... ich sollte doch..." „Wolltest du etwa zu ihr? Hast du sie gesucht?" Rie fragte sich, warum sie überhaupt auf ihn einging. „Ich weiß es nicht. Ich sollte einfach nur hierher kommen. Wegen irgendwas." „Hat dich jemand geschickt?" „Ich musste einfach losgehen. Meine Füße tun weh." „Du spinnst ja! Rennst stundenlang ziellos durch die Gegend und beschwerst dich auch noch!" Nicht nur ein Quälgeist, auch ein Vollidiot. Der wird seinen Zwanzigsten wohl nicht erleben. „Ich weiß doch auch nicht, was mit mir ist. Ich weiß nur, dass ich irgendwo hin soll. Ich weiß nicht wozu. Ich weiß nur, dass ich immer bei dir ende. Wieso? Was macht dich so besonders, dass ich unbedingt zu dir kommen soll?" War das sein Ernst? Schob er ihr gerade den Schwarzen Peter zu? Was Rie anging, hatte diese furchtbare Nervensäge einen mächtigen Knall. Der Junge ging an Rie vorbei und hockte sich neben die Leiche. „Was auch immer du glaubst zu suchen, hier findest du es nicht. Jetzt komm, ich bringe dich zurück." Dieser verrückte kleine Junge wusste nicht was er wollte. Rie schon. Sie wollte weg von hier. Den Jungen und die Leiche loswerden und später wiederkommen, um einen dieser Falter zu erwischen. Einen dieser Falter, die so ungewöhnlich blau waren. So ungewöhnlich blau wie die Augen der Frauenleiche, die gerade ihre Augen öffnete und zu atmen begann. „Sie lebt noch!", rief der Junge. Er lief zu ihr hin, hockte sich neben sie und fragte: „Geht es dir gut?" Geht es dir gut? Was soll die Frage? Sie war ein Zombie! Von den Toten auferstanden. Rie hatte sich auf keinen Fall geirrt. Diese Frau ist ohne Zweifel tot gewesen und dennoch machte sie Anstalten aufzustehen. Der Junge half der Untoten auf, die so wackelig auf den Füßen war, als hätte sie sie noch nie in ihrem Leben benutzt. Sie wankte ein paar Schritte geradewegs auf Rie zu. „Wer…", ächzte sie, bevor sie wieder in sich zusammen sank. War ja prächtig! Jetzt musste sie sich um zwei Irre kümmern! Musste sie denn wirklich?

Sie hörte etwas. Es klang wie eine Kinderstimme. Sie konnte sie nicht verstehen, genauso wenig, wie sie irgendetwas oder irgendwen erkennen konnte. Ihr Kopf dröhnte. Jemand kam zu ihr. Jemand Kleines. Er half ihr auf. Es dauerte eine Weile, bis sich ihre Augen auf das Kind fokussieren und es scharf sehen konnten. Auch eine brünette Frau war dort. Sie wollte fragen, was passiert war oder wo sie war oder wer *sie* war, doch sie brachte bloß den Laut „w" hervor, bevor sie erneut das Bewusstsein verlor. Als sie aufwachte, lag sie in einem hellen Raum. Es roch süßlich und nach Desinfektions- oder Putzmittel. Das Bettzeug war steif, wie aus knisterndem, zähem Papier. Es musste ein Krankenhaus sein. Sie richtete sich auf und sofort meldeten sich wieder diese vielen Fragen, auf die sie keine Antwort wusste. „Wie geht es dir?" Erst jetzt entdeckte sie das Kind von vorhin. Er hatte sich mit einer dünnen Decke auf einem der Holzstühle zusammengerollt. „Ich habe dich gesehen. Was ist mit mir passiert?" „Du weißt das nicht?" Der kleine Junge kam ihr bekannt vor. Aber woher nur? Sie schüttelte den Kopf. Er tat überhaupt nicht mehr weh. Ein kurzer Blick zur Seite, verriet ihr auch warum: Sie hing am Tropf mit ausreichend Flüssigkeit – und wie ihr schien auch Schmerzmittel. „Wir haben dich im Ödland gefunden." „Wir?" „Die Alte Heriettie war auch da. Kennst du sie?" Sie kannte nicht einmal sich selbst. „Nein, tut mir leid.

Und wie heißt du?" „Ich bin Vinzents Sohn. Bis ich meinen eigenen Namen habe, nennen mich alle Vin." „Eigener Name?" „Ja, das ist hier Tradition. Du kannst dich an nichts erinnern, oder?" Er entrollte sich und ließ die Decke auf dem Stuhl zurück, als er auf sie zukam und sich zu ihr auf das Bett setzte. „Hm... das Bettzeug sieht bequemer aus, als es ist." „Da hast du Recht." Sie musste grinsen. Er war ein süßer kleiner Kerl. „Und was jetzt?", fragte er. „Ich weiß nicht." Sie hatte keine Ahnung, was sie nun tun sollte. Amnesie war für sie neu - zumindest nahm sie das an. „Ich sollte dich finden." „Warum? Sucht mich jemand?" „Ich glaube schon. Ich bin... nicht ganz sicher. In letzter Zeit habe ich so ein seltsames Gefühl..." Er legte sich am Fußende des Bettes hin. „...das mir sagt, was ich tun soll."

Nicht gut, ich weiß.

„Was für ein Gefühl?" „So wie... ein innerer Drang. Ich sollte Rie finden und dich. Ich weiß nicht warum, aber ihr müsst für irgendwas oder irgendwen wichtig sein."

Überhaupt nicht gut.
Warte ab.
Ich kriege das hin.

„Wer ist Rie?" „Die Alte Heriettie. Sie ist Bäckerin. Mehr weiß ich nicht. Ach ja, sie fährt Motorrad und kann mich nicht besonders gut leiden." „Erzähl mir mehr. Vielleicht kann ich mich dann wieder erinnern." „Was willst du denn wissen?" Er machte große Augen. Er wirkte insgesamt sehr zerstreut auf sie. „Erzähl mir wo ich bin. In welcher Stadt bin ich." „In welcher Stadt? Du bist ja lustig." Er musste lachen. „Es gibt doch nur noch die eine. Alles andere liegt im Nebel, der macht alles kaputt. Hältst du einen Stock hinein, verdampft er. Das, was übrig bleibt, sieht dann aus wie abgekaut. Er ist überall um die Stadt und das Ödland herum, sogar am Himmel. Gräbt man zu tief, dann auch unter der Erde. Wir sind eingeschlossen." „Nebel? Wie kann das sein?" „Kannst du aufstehen?" Vin sprang vom Bett und lief zum Fenster. Er zog die Vorhänge zur Seite. Sie rutschte zur Bettkante und stand langsam auf. Ihre Beine fühlten sich wie Brei an. Schritt für Schritt bewegte sie sich in Richtung Fenster. „Siehst du die Statue da in der Mitte des Stadtbrunnens? Das ist Tesla - nicht der echte, er sieht nur so aus und ist aus Stein." Ach, was du nicht sagst, Kleiner. Darauf wäre sie nie gekommen. Sie lachte in sich hinein. Einfach liebenswert. „Das, was da aus dem Brunnen kommt, ist kein Wasser. Das ist - wie heißt das noch gleich - schwerer Strom, kein normaler. Da steckt viel mehr... Dings drin. Also mehr als in normalem Strom. Mehr von allem. Schätze, darum nennt man ihn auch so, wie man ihn nennt. Weil er schwerer ist." Das, was sich im runden Becken des Brunnens befand, sah aus wie Wasser. Zumindest bewegte es sich so. Hier und da blitzte ein kleiner Funke auf und es war blau - nicht so blau wie das Meer oder ein See, sondern tatsächlich blau. „Es heißt, dass der Strom den Nebel davon abhält, näher zu kommen. Er fließt durch das Ödland, wie Bäche aus Wasser. Er hält den Nebel fern, aber nicht die Räuber, die aus ihm zu uns kommen und die Jungen mitnehmen, die nur noch einen Tag vor ihrem zwanzigsten Geburtstag haben. Die, die nicht gefressen wurden, gehören dann zu den Alten, dürfen sich ihren Namen aussuchen und Phönixtorte essen. Die Alte Heriettie soll den besten der Stadt machen, heißt es."

Geduld.

Er ist nicht nur ein Plot Device.

Nebel, Strom, Räuber, Torte - das war alles ein bisschen viel auf einmal. Ein seltsamer Ort. Eine seltsame Geschichte. Tesla - ja, da klingelte etwas bei ihr. Und der Nebel? Der Strom? So seltsam das alles war, es kam ihr doch irgendwie vertraut vor. Aber woher? Sie hatte nicht das Gefühl hier gelebt zu haben. Und die Räuber? Irgendetwas sagte ihr, dass das nicht ihr richtiger Name war. „Und? Weißt du jetzt alles wieder?" „Nicht so richtig, aber du hast mir sehr geholfen." Die Enttäuschung stand ihm sichtbar ins Gesicht geschrieben. „Das ist nicht deine Schuld. Das wird schon wieder, ganz bestimmt." Sie setzte sich auf den Rand ihres Krankenbettes: „Und wo ist diese Heriettie? Die, die bei dir war? Vielleicht kann sie mir ja auch etwas erzählen." „Sie hat dich und mich auf ihrem Motorrad ins Krankenhaus gebracht und sich dann selbst verdrückt. Sie wollte nichts mit uns zu tun haben." „Meinst du wirklich?" „Das muss ich nicht, ich weiß es. Sie hat es mir gesagt." Plötzlich ging die Tür auf und ein Mann mit Kittel kam herein. „Oh, wie ich sehe sind sie wach. Wie geht es ihnen?" Er schaute nach der Flüssigkeit im Beutel, sah zu Vin herüber und sagte: „Auch bei dir alles gut, Kleiner?" „Könnte besser sein", gab er zurück und lief wieder zum Stuhl in der Ecke. „Wie heißen Sie?", fragte der Mann und zückte seinen Stift. „Tut mir leid, ich weiß es nicht." Der Mann sah von seinem Klemmbrett auf und klickte ein wenig irritiert mit seinem Kugelschreiber: „Können Sie sich sonst an etwas erinnern?" „Leider nein." „Sie hat Anemsie", gab der Kleine aus der Ecke von sich. „Anemsie?" Er lächelte. „Ja, Amnesie könnte in er Tat vorliegen. Sie sind mit einer Gehirnerschütterung zu uns gekommen, ansonsten fehlt ihnen körperlich jedoch nichts. Ich gebe ihrem Arzt Bescheid, der dürfte bald kommen." Damit verschwand der Pfleger auch wieder aus dem Zimmer, so still und leise, wie er gekommen war. Ob sie wohl jemand vermisste?

Ein paar Tage später - Rie entnahm gerade einem Fuchs die Leber - klingelte es an der Tür. Der Junge hatte sich glücklicherweise, seit dem Fund der Toten, nicht mehr bei ihr blicken lassen. Dieser Wicht hatte nicht nur großartiges Talent sie zu nerven, er war ihr auch zu einem Teil unheimlich. So wie die Leiche selbst. Oder besser gesagt, die Untote. Sie wurde zu ihrem Wohl und dem aller anderen im Metallturm untergebracht. Niemand vermisste sie und niemand wusste, wer sie war, nicht einmal sie selbst. Kein Name, kein Alter. Letzteres machte sie zu einer Gefahr für die ganze Stadt: Solange nicht bekannt war, wann ihr zwanzigster Geburtstag sein würde, musste sie sich an dem Ort aufhalten, an dem die Räuber weder sie erwischen noch die Stadt in Grund und Boden trampeln konnten. Diese Blassnase war dort am sichersten. Ihr Spitzname war Rapunzel, traditionsgemäß kurz Zel. Es war fast so, als hätte der Himmel sie ausgespuckt. Doch das war alles nicht Ries Angelegenheit. Sie hatte Kuchen zu backen für diejenigen, die ihren zwanzigsten Geburtstag erlebt haben - Kuchen in Verkleidung eines Phönix, der täuschend echt aussah, so als würde er nur die Luft anhalten und jeden Moment davonfliegen. Darum hatte sie sich vorher gekümmert und darum würde sie sich auch in Zukunft kümmern. Es klingelte erneut. Rie wischte ihre blutigen Hände sauber und ging zur Tür. Als sie sie öffnete, stand ein Gardist vor ihr: „Guten Tag. Ich hoffe, ich störe nicht. Sind Sie die Alte Heriettie?" Das kam ganz darauf an. „Worum geht es?" „Es geht um Zel. Sie möchte Sie sehen, Sie und Vin." „Ich habe diese Frau einfach nur irgendwo gefunden. Sonst habe ich nichts mit ihr zu tun." Und wer war überhaupt Vin? „Es geht ihr sehr schlecht. Sie ist verzweifelt und wir können sie einfach nicht beruhigen." „Ich kann leider nicht helfen. Wenn Sie mich jetzt entschuldigen würden, ich habe zu tun." Rie wartete gar nicht erst auf seine Reaktion. Sie ließ die Tür ins Schloss fallen und damit war die Sache für sie erledigt. Sie meinte es, wie sie es sagte: Sie hatte nichts mit ihr zu tun und so sollte es auch bleiben. Rie konnte durch das Fenster sehen, wie der Gardist sein Motorrad startete. Gerade als sie sich umdrehte, klopfte es. Dem Klopfen folgten sofort die Worte: „Alte! Wir müssen zu Zel!" Das konnte nur dieser kleine Quälgeist sein. Hatte er sich etwa die ganze Zeit dort draußen versteckt? Rie wollte sich davonschleichen, als er erneut plärrte: „Ich weiß, dass du da bist! Ich habe dich eben gesehen! Mach auf!" „Verschwinde!", gab sie zurück. „Das kann ich nicht." „Warum zum Henker? Hat dich wieder irgendjemand geschickt, um mir auf die Nerven zu gehen, du kleiner Irrer?" „So in etwa", murmelte er. „Da ist diese Stimme..."

Ich passe auf.

„Ach, was sagt sie denn genau, diese Stimme?" Rie dachte gar nicht daran, die Tür zu öffnen. Nur über ihre Leiche. Dieser Junge war völlig verrückt. „Sie sagt, wir müssen zu Zel und ihr helfen." „Dann geh doch!" „Es geht nicht ohne dich." „Und wenn ich mich weigere?" „Sie kann dir zeigen wo du die Falter findest." Rie hatte so viele schlaflose Nächte mit der Jagd nach den Faltern verbracht, doch bisher keinen einzigen ausfindig machen können. Verschwunden. Vollkommen. Vielleicht wusste Zel tatsächlich etwas über sie. Schließlich hatten sie sich um sie versammelt, als sie tot auf dem Boden lag. Und ihre Augen hatten vielleicht nicht ohne Grund die gleiche Farbe. Was konnte schon geschehen? Es war doch nur ein simpler Besuch, oder? Kurz „hallo" sagen und „stell dich nicht so an" und schon wäre sie um ein Präparat reicher. Noch dazu hätte der kleine Irre seinen Willen - oder wessen auch immer - bekommen und Rie endlich wieder ihre Ruhe. Widerwillig beschloss sie schließlich doch dem Gardisten hinterherzufahren und Rapunzel einen Besuch abzustatten. Je näher sie dem Turm kamen, desto mehr Räuber waren zu sehen. Einer von ihnen kam gefährlich nahe. Er rannte für kurze Zeit dicht neben ihnen her. So dicht, dass sie nur ihren Arm hätten ausstrecken müssen, um sein Fell zu berühren. Er nahm keine Notiz von ihnen. Gardisten kamen hinzu. Sie rasten auf ihren Motorrädern zwischen den herannahenden Räubern umher und jagten mit ihren Granaten und Gewehren so viele von ihnen in die Luft, wie sie konnten. Je mehr die Renner im Ödland erledigten, desto weniger Arbeit hatten die Schützen auf dem Plateau. Rie achtete darauf, den Explosionen möglichst fern zu bleiben. Unversehrt erreichten sie einen der Zugänge zum Zentrum des Turms. Sie passierten die knapp zwei Meter breite Gasse, umgeben von haushohen dunklen Metallwänden und erreichten zusammen mit einigen anderen Rennern die erste Ebene des Turms. Die Fahrer, die vom Ödland kamen und zum Schichtwechsel eintrudelten, fuhren durch die geöffneten Tore in die Garage des Turms, um ihre Maschinen für ihren Feierabend zu parken und für die nächste Schicht warten zu lassen. Rie tat es ihnen gleich. Sie hatte schnell bemerkt, dass sie den Gardisten auffielen. Ihre Maschine war ein älteres Modell, sie trug keine schwarze Uniform und natürlich war da noch der Hosenscheißer. Er zitterte wie verrückt. Kein Wunder. Er hatte den schlimmsten Tag seines Lebens noch vor sich und nach dem Eindruck, den er auf Rie machte, würde er ihn nicht überleben. Und es würde ihr nicht im Geringsten etwas ausmachen. Kaum hatte sie ihren Helm ausgezogen, stand bereits einer der Uniformierten vor ihr: „Na sieh mal an, kann man ihnen helfen, Alte..." „... Heriettie. Ich bin gebeten worden Zel zu besuchen." „Ach ja, die Bäckerin!" Er begann zu grinsen: „Mein Sohn war hin und weg von Ihrem Kuchen! Ein Meisterwerk!" Ja, ja, was auch immer. „Wo soll ich hin?" „Ach so, ja. Melden sie sich in der Verwaltung. Auf Ebene vier. Die werden Ihnen sagen können, in welchem der Apartments sie untergebracht wurde." „Danke." „Ich habe etwas Zeit. Lassen Sie mich Sie begleiten." Bloß nicht. „Schon gut, ich finde mich schon zurecht", sie legte einen Zahn zu. „Ach ja, achten sie darauf, wo sie hintreten!", rief ihnen der Gardist hinterher, als Rie auf den Fahrstuhl in der Mitte der Ebene zuging. „Hey, Rie! Warte auf mich!", rief der Junge. Stimmt, ihn hatte sie komplett vergessen - mit voller Absicht. Sie drückte ungeduldig auf den Knopf des Aufzugs. Leider öffnete sich die Tür erst, als der kleine Irre sie erreicht hatte. Gemeinsam stiegen sie in den kleinen, abgeschlossen Raum. Rie betätigte den Knopf für Ebene 4, Verwaltung. Während der Fahrt nach oben sah Rie auf den Jungen herab. Sie behielt ihn im Auge. Er war verrückt - und sie mit ihm alleine. Es war zu viel Irrsinn für so wenig Raum und Fluchtweg. Sie hoffte, dass der Aufzug nicht stecken blieb. Nicht mit ihm. Bloß nicht! Sie wartete darauf, dass sich wieder die Türen öffneten, dass es bald vorbei war. Die Fahrt und alles andere auch. Der Fahrstuhl war nicht stecken geblieben. Trotzdem entschied sie sich, nachdem sie die Nummer des Apartments erfahren hatten, für den erneuten Ebenenwechsel für die Treppe. Zum einen lagen die Wohnungen nur zwei Ebenen unter ihnen und zum anderen war ihr der Junge zu unheimlich, um noch einmal mit ihm auf so engem Raum eingesperrt sein zu können. Zu ihrem Unglück entschied sich ihr Anhängsel sie zu Fuß zu begleiten. Der Knirps sagte in dieser ganzen Zeit kein Wort. Er folgte Rie wie ein kleiner beunruhigender Schatten. Als sie endlich die richtige Ebene erreicht hatten, fielen Rie sofort die Flecken auf dem Boden auf. Braune Flecken unterschiedlicher Färbung und Größe. Sie sahen trocken aus. Während Sie den Flur entlang ging, wich sie ihnen mit großen Schritten aus. Sie wusste nicht, was es war. Es sah aus als würde der Boden schimmeln oder faulen. Nicht gerade einladend. Diese ganze Idee gefiel ihr überhaupt nicht. Sie wollte gar nicht hier sein und der Weg, den sie unfreiwillig zurücklegte, tat sein bestes, ihren Missmut zu verstärken. Als sie endlich Zels Wohnung erreicht hatte, blieb sie stehen. Während der nervige Knirps noch damit beschäftigt war, ihr hinterher zu hüpfen, lehnte Rie sich gegen die Tür. Der Gardist hatte gesagt, es ging ihr nicht gut. Vielleicht konnte sie ja von hier draußen hören, was Zel machte – sie ausspionieren. Doch sie hörte nichts. Es war totenstill. Rie hob die Hand, doch zögerte zu Klopfen. Noch konnte sie umdrehen. Der Junge kam ihr zuvor. Er schlug mit der flachen Hand gegen das Holz und rief: „Zel! Hier ist Vin. Ich habe dir Rie mitgebracht. Wir wollen dich besuchen kommen." Von wollen konnte gar nicht die Rede sein. „Hier ist Rie, die, die dich gefunden hat."Das Schloss knackte, die Tür ging langsam auf. Im Türspalt stand sie, diese untote Frau. Weißes Haar, bleiche Haut und verheulte blaue Augen. „Wie ich mich freue euch zu sehen. Kommt rein." Sie machte ihnen den Weg frei. Sie hatte eine Bettdecke übergeworfen, dabei war es überhaupt nicht kalt. Sie stieg aufs Sofa, hockte sich hin und kauerte sich zusammen. Sie zitterte. „Was ist mit dir?" Der Junge ging auf Zel zu. Was für ein Glück! Dieser blöde kleine Kerl konnte sich ja um sie kümmern. Er war ohnehin derjenige, der zu ihr wollte. Solange die beiden mit sich beschäftigte waren, musste Rie sich nur ruhig verhalten. So leise wir möglich schloss sie die Tür und blieb dort stehen wo sie war. Sie tat das, was sie am liebsten machte, sich raushalten. „Ich muss hier raus. Ich muss hier unbedingt raus, sonst werde ich noch wahnsinnig!" Tränen liefen über ihre Zels Wangen. „Aber hier bist du sicher." „Ich kann diesen Lärm nicht ertragen!" Welcher Lärm? Es war doch totenstill hier drin. „Tag und Nacht nichts als Schreie! Explosionen! Schüsse!" Der Wicht kletterte zu Zel aufs Sofa und rieb ihr den Rücken:

„Ich höre nichts. Was meinst du?" „Diesen ewigen Kampf, der da draußen immerzu tobt. Ich kann alles hören. Jeden Räuber, der zerstört wird, jeden Neunzehner, der gefressen wird, jeden Schuss, der abgefeuert wird, jede Delle, die in eine Mauer des Labyrinths geschlagen wird. Ich höre alles! Und dieses ständige... Surren!" Nichts von alledem war zu hören. Diese Zel bildete sich das alles bloß ein. Sie war genauso umnachtet wie die kleine Nervensäge. „Sie halten mich für verrückt." Zel vergrub ihr verheultes Gesicht in ihren zittrigen Händen. Sie und verrückt? Nicht doch! Keineswegs! „Du bist nicht verrückt." Der Junge lehnte sich gegen sie. Genau das würde ein Verrückter sagen. Rie wollte nach Hause und beschloss sich doch bemerkbar zu machen, in der Hoffnung ihre Heimkehr beschleunigen zu können. „Solange niemand deinen Geburtstag kennt, kannst du hier nicht raus. Bis dahin musst du dir eben die Ohren zuhalten." Zel sah sie an. Ihre Augen waren ganz nass, ihr Gesicht ganz rot. Sie verzog ihren Mund kurz bevor sie ganz jämmerlich losheulte. Sie versteckte ihr Gesicht hinter der Decke, was ihr erbärmliches Gejaule glücklicherweise etwas dämpfte. „Du hast sie traurig gemacht", maulte der Knirps. „Heulen hilft da gar nichts, Zel. Beruhige dich wieder." Sie beruhigte sich nicht. Es war kaum auszuhalten. Rie sah sich um. Nach Taschentüchern oder so etwas. Nichts zu sehen. So langsam bekam sie Kopfschmerzen.

„Beruhige dich, Zel!", rief Rie. Doch wieder keine Reaktion darauf. „Jetzt habe ich aber genug!", brüllte sie. Sie stampfte an dem Jungen vorbei, setzte sich neben Zel und brüllte ihr zu: „Beruhige dich!", während sie ihre Hände hob und ihr die Ohren zuhielt. Sie konnte ihr Gejammer einfach nicht mehr ertragen! Sie musste irgendwie Ruhe geben. Und schon klebte sie mit ihren Händen an ihren Ohren, was Zel scheinbar tatsächlich zu beruhigen schien. Sie wurde leiser, ihre Haltung entspannte sich. Zel legte ihre Hände über Ries und säuselte: „Ich kann dein Blut rauschen hören. Ich bin so unglaublich müde. Ich habe kein Auge zuge..." Weiter kam Zel nicht mehr, denn sie verfiel sofort in Tiefschlaf. Rie legte sie vorsichtig aufs Sofa und deckte sie zu. Sie wollte sicherstellen, dass sie sich ausruhen und schlafen konnte – nicht für Zels Seelenfrieden, sondern ihren eigenen. Vielleicht war sie nach einem Nickerchen etwas umgänglicher. Was Rie nicht alles für einen dieser blauen Falter bereit war zu tun...

Niemand vermisste sie. Sie war ganz alleine auf dieser seltsamen, eingeschlossenen, kleinen Welt. Sie war ein Mensch ohne Namen und Vergangenheit. Das war der Grund, warum sie eingesperrt worden war. Der Bürgermeister hatte es zwar anders bezeichnet — eine umgekehrte Sicherheitsverwahrung oder derart — doch es bedeutete das gleiche: Isolation. Man hatte sie in den großen dunklen Turm gesperrt, in dessen Labyrinth pausenloser Konflikt zwischen Teenagern, Räubern und Gardisten tobte. Sie kannte nicht ihre Herkunft, ihren Namen oder ihr Alter. Letzteres war ausschlaggebend dafür, dass sie nun in diesem einsamen Appartement festsaß. Solange niemand den Tag ihres zwanzigsten Geburtstags kannte, ob noch ausstehend oder bereits zurückliegend, stellte sie eine Gefahr für die Städter dar. Sollte sie mitten unter ihnen leben und die Räuber plötzlich hinter ihr her sein, so würden sie alles auf ihrem Weg zu ihr niedertrampeln, noch dazu wäre sie im Turm, im Zentrum der Verteidigung, selbst am sichersten, denn hier konnten die Räuber sie nicht kriegen. Sie verbrachte die Tage damit sich zu fragen, ob sie je wieder frei kommen würde und ob sie sich das überhaupt wünschte. Freiheit war ja schön und gut, doch was nützte sie ihr, wenn sie nicht wusste wohin mit sich? Sie nannten sie Zel, Kurzform für Rapunzel. Humor hatten diese Leute zumindest, wenn auch etwas düster gefärbt. Sie hockte nun schon so viele Tage in ihrer Wohnung und versuchte, sich vor dem grauenhaften Lärm dort draußen vor den Fenstern zu verstecken. Kein Kissen, keine Decke war dick genug, egal wie sehr sie ihren Kopf darin vergrub – und das obwohl es hieß, die Fenster seien schalldicht. Je mehr sie versuchte die Außenwelt auszublenden, desto mehr spukten Bilder von diesem schrecklichen Treiben durch ihren Kopf. Ihre Sinne mussten ihr einen Streich spielen, ausgelöst von Stress, Verwirrung, Verzweiflung oder sonst irgendeiner Sache, die ein Psychologe anführen würde. Plötzlich hörte sie die Aufzugtür. Kurz darauf folgten Schritte zweier Personen, eine groß und mürrisch, die andere klein und gutmütig. Es war so, als würde sie ihre Fußabdrücke in der Ferne sehen. Sie bewegten sich langsam und unkoordiniert auf sie zu, fast so, als wären sie betrunken. Das mussten Vin und Heriettie sein, die sie mehr tot als lebendig gefunden hatten. Sie sprang vom Sofa, wickelte die Decke um sich und tapste zur Wohnungstür. Vielleicht konnte Heriettie ihr weiterhelfen. Vielleicht wusste sie etwas. Egal wie winzig die Brotkrümel auch sein mochten, sie waren besser als nichts. Zel spürte Vins und Heriettes Wärme, als sie vor der Türe standen. Sie verharrten für einen Moment. Heriettie wollte nicht. Zel hatte keine Ahnung, woher sie das so genau wusste. Es war so, als könnte sie nicht nur ihre Anwesenheit sehen, sondern auch ihre... Stimmung? Was war hier bloß los? „Zel! Hier ist Vin. Ich habe dir Rie mitgebracht. Wir wollen dich besuchen kommen." Vin pochte fest gegen die Tür. „Hier ist Heriettie, die, die dich gefunden hat", murrte Heriettie. Zel entriegelte das Schloss: „Wie ich mich freue euch zu sehen. Kommt rein." Sie schlurfte sofort wieder zurück aufs Sofa. In der Ecke fühlte sie sich am sichersten, obwohl sie der Lärm auch dort fand und quälte. Die Wände und die Decke waren ihr einziger Rückzugsort. Vin lief auf sie zu: „Was ist mit dir?" Sie musste furchtbar aussehen. Zumindest fühlte sie sich so. „Ich muss hier raus. Ich muss hier unbedingt raus, sonst werde ich noch wahnsinnig!" Falls sie es nicht bereits war. „Aber hier bist du sicher", sorgte sich Vin. Er sah zur ihr rauf und legt seine winzigen Hände auf ihr Knie. „Ich kann diesen Lärm nicht ertragen! Tag und Nacht nichts als Schreie! Explosionen! Schüsse!" Vin kletterte zu ihr aufs Sofa und streichelte besorgt über ihre Schulter: „Ich höre nichts. Was meinst du?" Dieser kleine Mann war kleiner als sein Herz. Er sorgte sich aufrichtig um sie. Er war ehrlich. Hörte er wirklich nichts? „Diesen ewigen Kampf, der da draußen immerzu tobt. Ich kann alles hören. Jeden Räuber, der zerstört wird, jeden Neunzehner, der gefressen wird, jeden Schuss, der abgefeuert wird, jede Delle, die in eine Mauer des Labyrinths geschlagen wird. Ich höre alles! Und dieses ständige... Surren!" Jeder Knall, jedes Geschrei, jedes plötzlich und schmerzhaft in ihre Ohren drängende Geräusch war unterlegt von einem permanenten, unterschwellig dröhnende Surren. Es klang mechanisch. Niemand außer ihr schien das alles zu bemerken. „Sie halten mich für verrückt." Und vielleicht war sie das auch. Wer weiß, wer sie war? Wer weiß, was mit ihr los war - oder mit ihrem Verstand, falls überhaupt vorhanden? Sie war verzweifelt und wollte sich nur noch vor allem verstecken. „Du bist nicht verrückt", versuchte Vin sie aufzumuntern. Und es hätte beinahe funktioniert, hätte Heriettie ihr nicht einen verbalen Schlag ins Gesicht versetzt: „Solange niemand deinen Geburtstag kennt, kannst du hier nicht raus. Bis dahin musste du dir eben die Ohren zuhalten." Heriettie hatte Recht und kein Gejammer und keine Träne der Welt hätte daran etwas ändern können. Plötzlich verschwamm alles vor ihren Augen. Ein schwerer Schleier legte sich über sie, drückte sie tiefer in das Sofa und ließ ihre Gedanken rasen. Mit einem Mal waren Vin und Heriettie verschwunden... und Zel. Die Wohnung existierte nicht mehr, der Wahnsinn außerhalb ebenso. Ihr Kopf war voll und leer zur gleichen Zeit und nichts existierte mehr. Sie war allein. Ihre Ohren fühlten sich auf einmal so warm an. So angenehm warm. Sie spürte, wie ihre Atmung ruhiger wurde, wie sich das enorme Gewicht von ihrem

Brustkorb löste und sich auf ihre Augenlider legte. Als Zel nach ihren Ohren tastete, fühlte sie fremde Hände. Sie gehörten Heriettie. „Ich kann dein Blut rauschen hören. Ich bin so unglaublich müde. Ich habe kein Auge zuge…"

Rie hatte ihre Schuldigkeit getan. Sie hatte Zel nicht nur besucht, sondern auch beruhigt also griff sie nach dem Arm des Jungen und zerrte ihn aus der Wohnung. „Wo gehen wir hin?", jammerte er. „In die Kantine." Wo sollte sie sonst so lange warten, bis das nervliche Wrack wieder wach war, um ihr etwas über die Falter zu verraten? Jedenfalls wollte sie den Turm nicht eher verlassen. Noch einmal wollte sie den Weg zum Turm nicht zurücklegen. „Wir müssen aber zum Plateau." „Gar nichts muss ich, hast du verstanden? Der Deal war: Ich statte Zel einen Besuch ab und sie verschafft mir einen Falter. Keine Extrawünsche. Wir warten in der Kantine und verschwinden wieder, wenn ich habe was ich will." Und in der Zwischenzeit musste sie den Quälgeist im Auge behalten. Würde er irgendetwas Dämliches anstellen, könnte das auf Rie zurückfallen. Schließlich war sie seine erwachsene Begleitung und manch einer konnte annehmen, sie wäre für die Dauer ihres Aufenthalts für diese Weichbirne verantwortlich. „I-Ich...", stammelte der Knirps. „Was? Spuck es aus!" „Ich sollte das sagen, damit du mitkommst. Das mit den Faltern." „Was zum Henker meinst du damit?" „Die Stimmen... ich sollte dich dazu bringen... ich sollte dich zu Zel bringen."

Ich kriege das hin.

Versprochen.

Rie blieb sofort stehen. Sie zitterte vor Wut: „Schon wieder diese Stimme? Was soll das für ein Blödsinn? Soll das etwa heißen, ich bin völlig umsonst hierher gekommen?" Das konnte doch nicht war sein! Solche Scherereien! Und für was? Nichts! Rein gar nichts! Sie stampfte wortlos davon und ließ den Irren stehen. Nicht zu fassen! „Rie?" Nein! Nichts da! Es hat sich ausgeRiet! Ab sofort war sie taub. Taub für ihn, taub für Zel und taub für jeden anderen, der meinte ihr auf die Nerven gehen zu müssen. Sie hatten nicht mehr alle Latten am Zaun. Am besten machte sie von nun einen großen Bogen um sie, völlig gleich was geschah. „Wir müssen nach oben! Zum Plateau!", rief der Irre ihr nach, als Rie um die Ecke bog. Sie kam zu den Aufzügen in der Mitte des Turms. Für den Fall, der Quälgeist könnte ihr folgen, ging sie um die Aufzüge, die direkt vor ihr lagen herum und benutzte – hoffentlich unbemerkt – einen auf der rückwärtigen Seite. Die Tür öffnete sich, sie stieg ein und drückte den Knopf für die Garage. Sie freute sich schon sehr darauf, ihre Maschine wieder zu sehen, die sie wieder nach Hause bringen würde. Sollte der Junge doch selbst sehen, wie er hier weg kam. Es war alles nicht ihr Problem - außer, dass der Fahrstuhl an Ort und Stelle stehen blieb. Er rührte sich nicht im Geringsten. Rie versuchte es erneut. Sie prügelte schon beinahe auf den Garagenknopf ein, doch es blieb beim selben Ergebnis. Der Aufzug steckte fest. Plötzlich schwirrte ein blauer Punkt zur offenen Tür herein und landete auf dem Knopf für das Plateau. Ein Falter! Er stand auf dem Schalter und wiegte seine Flügel auf und ab. Er drehte sich mit seinen dürren Beinchen an Ort und Stelle ungeduldig von einer Seite zur anderen. Als Rie ihren Finger auf ihn zubewegte, schwirrte er wieder davon. Kurz vor dem Knopf blieb ihre Hand stehen. Nein! Sie würde ihn nicht drücken! Niemals! Der Falter kam zurück und setzte sich erneut auf den Schalter. Rie starrte ihn an. Er hüpfte wie zuvor hin und her und schlug aufgeregt mit seinen Flügeln. Diese Falter waren nicht normal. Sie hob die Hand und streckte wieder ihren Zeigefinger nach dem Knopf aus, ganz langsam. Der Falter blieb an Ort und Stelle. Kurz bevor sie ihn erreichte, schnappte Rie blitzschnell zu. Sie hatte ihn erwischt! Sie hatte dieses Biest in der Hand, doch sie fühlte überhaupt nichts. Als hätte sie bloß Luft erwischt. Sie öffnete ihre Faust ganz vorsichtig und fand nichts weiter als blaue Farbe. Blaue Flüssigkeit, überall auf ihrer Handfläche verteilt. Was zum Henker war das? Sie lief auf den Flur hinaus und ging in Richtung Treppe. Ganz egal welches Spiel hier gespielt wurde, die Treppe steckte ganz sicher nicht fest. Rie würde den

Turm verlassen und mit ihm diesen ganzen Irrsinn. Als sie an den Stufen ankam, sah sie weitere Falter über dem Treppenabschnitt umherschwirren, der nach oben führte. Sie wollten sie locken! Sie wollten sie dort hinlocken, wo der verrückte kleine Wicht sie haben wollte – wo diese Stimme sie haben wollte.

Das auch nicht?

Ich finde eine Lösung.

Nichts da! „Das kannst du vergessen, hörst du?", rief sie. Sie lächelte in sich hinein. Darauf fiel sie nicht rein. Was auch immer hier vor sich ging mit diesen Faltern, dieser untoten Fremden oder diesem schizophrenen Knirps, sie war raus! Endgültig! Sie hüpfte nach unten, nahm zwei Stufen auf einmal und übersah in ihrer Eile einen Gardisten, der gerade auf dem Weg nach oben war. Sie wäre beinahe gegen ihn gestoßen, doch sie konnte sich noch in letzter Sekunde am Geländer festhalten. „Heriettie Lawrence?" Er versperrte ihr den Fluchtweg. „Alte Heriettie, ich habe schon gehört, dass Sie hier sind. Sie waren bei Zel?" „Ja, das war ich. Aber sie schläft jetzt und ich muss dringend etwas erledigen." „Freut mich zu hören. Das arme Ding bekommt ja gar keine Ruhe." Er stand noch immer im Weg. „Ich bin ihr Nachbar. Ich bin der arme Kerl der ihr Jammern mitbekommt und – nennen Sie mich ruhig egoistisch – ich brauche auch meinen Schlaf." „Ich muss los. Ich habe es eilig." Ist es nicht seltsam? Sie behauptet steif und fest, dass sie alles hören kann, was im Labyrinth vor sich geht." Er wollte einfach nicht aufhören. Sie fühlte sich wie im Irrenhaus. „Auch ich habe ihr nicht geglaubt, bis sie einmal gesagt hat, wie viele Neunzehner wir am Tag zuvor verloren hatten und wie viele Räuber zerstört worden waren. Sogar unser Gequatsche vom Plateau konnte sie wiedergeben und unsere Spitznamen kannte sie auch. Sie hatte keinen Zugang zu unseren Logbüchern. Wir haben nicht die geringste Ahnung woher sie das alles weiß. Gehört haben kann sie es jedenfalls nicht, oder was meinen Sie?" „Kann schon sein. Ich muss jetzt wirklich..." ...gegen sein Bein treten und ihn über das Geländer werfen. Plötzlich tönte es aus einem Lautsprecher: „Alte Heriettie Lawrence und Rapunzel, bitte zum Plateau. Sie mögen bitte Vincents Sohn abholen. Heriettie Lawrence und Rapunzel, bitte zum Plateau." Das durfte doch nicht wahr sein! „Na sowas, dann kommen Sie doch gleich mal mit. Ich wollte sowieso nach oben. Ich zeige Ihnen den Weg." Scheiße!

Schon besser, nicht wahr?

Rie fand sich schließlich doch auf dem Plateau wieder. Der Blick nach unten durch das Glas verursachte ein unangenehmes Gefühl in ihrer Magengegend. Sie befand sich auf der höchsten Ebene des Turms, auf einer transparenten Platte, durch die man ungehindert hinabsehen konnte, hinab auf das Labyrinth, in dem rund um die Uhr ums Überleben gekämpft wurde. Der Irrgarten war kreisrund um die Mitte des Turms angeordnet und in vier Segmente unterteilt. In einem wurde gekämpft, in dem anderen warteten kurz vor Mitternacht die Neunzehner des nächsten Tages, in Segment drei und vier fanden Reparaturen statt. Dellen wurden ausgebeult und Krater aufgefüllt. In dem Segment, das gerade in Benutzung war, rannten die Jungen vor den Räubern davon. Jeder von ihnen wurde von einem Gardisten begleitet und beschützt. Unterstützung von oben erhielten sie von den Schützen, auch Fledermäuse genannt. Sie hingen mit Hilfe von speziellen Schuhen an der Unterseite des Plateaus, dessen Platte aus einem magnetischen Glasgemisch bestand. Von dort aus hatten sie kopfüber perfekte Schussbahn ins Labyrinth. Weitere Gardisten hockten auf der Oberseite des Plateaus, genau über dem Schlachtfeld, beobachteten das Geschehen und tranken Kaffee. Selbst die, die auf der Unterseite des Plateaus Pause machten, tranken welchen. Es sah schon witzig aus, wie sie aus den umgedrehten Tassen tranken. Jetzt wusste Rie zumindest, was die vielen braunen Flecken in den Gänden zu bedeuten hatten. Der kleine Irre saß mitten unter den Gardisten am Rande des Plateaus, der Quälgeist, der ihr den Tag versaute. Je früher sie ihn sich unter den Arm klemmte, desto früher war sie wieder zuhause und der Spuk vorbei. „Ach, sie müssen die Alte Heriettie sein", sagte einer der Gardisten. „Vincents Sohn ist hier wie aus dem Nichts aufgetaucht. Er meinte, er würde hier oben auf Sie warten. Was führt Sie denn hier hoch?" Rie war kurz davor durchzudrehen. Was sollte das heißen? Hier oben auf sie warten? Sie war doch nur seinetwegen hier hoch gekommen! „So ein kleiner Fratz wie der sollte nicht alleine hier oben herumlaufen. Sie sollten besser auf ihn aufpassen." Wer war sie? Seine Mutter? „Ich nehme ihn sofort wieder mit in die Stadt." Ja, am schnellsten ginge es wohl, wenn sie ihn vom Plateau werfen würde. Unten wäre er ja dann zumindest schon. „Wozu die Eile? Sie können gerne noch ein wenig bleiben, wenn Sie möchten." Von wegen! Abmarsch! Sofort! „Ich gehe jetzt. Wenn du mitkommen willst, dann los!", rief sie dem Giftzwerg zu. Sie drehte sich auf der Stelle zur Flucht um, nur um in das blasse Gesicht ihres nächsten Albtraums zu schauen. „Zel! Was zum Henker sollen wir hier oben? Kannst du mir das mal erklären?" Zels Schultern waren angespannt und ihre Arme vor der Brust verschränkt:

„Ich weiß es nicht. Vin hat uns doch aufrufen lassen. Ich fühle mich hier oben überhaupt nicht wohl." Rie drehte sich wieder zu ihm um und brüllte: „Vin!" Sie hatte ihn noch nie bei seinem vorläufigen Namen genannt. Sie hasste diesen Jungen und alles was mit ihm zu tun hatte! Sie war so wütend, dass es einfach aus ihr herausplatze. „Meine Geduld ist am Ende! Jetzt raus damit oder du kannst was erleben! Was sollen wir hier oben?!" Er wollte gerade den Mund aufmachen, als Rie ihm ins Wort fiel: „Und wehe du kommt jetzt wieder mit *keine Ahnung* oder *weiß nicht* oder dieser bescheuerten Stimme, die du dir einbildest!" Er sah auf den Boden und nuschelte: „Du musst etwas tun." Er war dabei so leise, dass Rie ihn nur mit viel Mühe gerade noch verstehen konnte. „Und was soll ich deiner Meinung nach tun?" „Du sollst Zel zu den Räubern bringen." „Zu den Räubern?", fragte Zel mit zittriger Stimme. „Wozu?", wollte Rie wissen. Das ergab doch überhaupt keinen Sinn! „Um den Wahnsinn zu beenden." „Was denn für ein Wahnsinn?" Eigentlich hatte sie da eine Idee. „Ich... Alte... bring Zel zu den Räubern." „Auf keinen Fall!", rief Zel. „Da sind wir mal einer Meinung! Hör auf mit dem Blödsinn und komm mit!" „Das geht nicht. Sie will es so."

Auch das kriege ich hin.

Keine Sorge.

Hab noch etwas Geduld.

„Ach, *sie* will es so. Na, wenn das so ist?" Rie setzte sich an Ort und Stelle hin, auf das magnetisierte Glas. Nicht gerade bequem, hart und kalt, aber sie würde so lange durchhalten, bis dieser irre Zwerg klein beigab und sie endlich in Frieden den Turm verlassen konnte. Wer oder was auch immer hier meinte Befehle geben zu können, täuschte sich gewaltig. Weder die Falter noch dieser Quälgeist oder irgendwelche Gardisten konnten ihr vorschreiben, was sie zu tun oder zu lassen hatte. Sie würde es ihnen zeigen! Sie würden schon sehen! „Na? Könnt ihr das sehen? Das hättet ihr nicht erwartet, was? Ich bleibe hier sitzen! Solange es nötig ist! Ich lasse mich nicht herumkommandieren! Ich bin kein Spielzeug! Hörst du mich, du blöde Stimme?" Natürlich hörte sie sie nicht, weil diese Ein-Meter-Nervensäge bloß Wahnvorstellungen hatte. Dennoch bekam sie direkt eine passende Antwort: Die Falter tauchten wieder auf. Diesmal setzten sie sich auf ihre Arme und Beine. Rie sprang auf, schlug nach ihnen, doch es wurden immer mehr. Sie versuchte sie zu verscheuchen, doch mit jedem, den sie platt schlug, tauchten weitere auf. „Ich werde noch wahnsinnig!", rief Rie in Rage. Sie fuchtelte wild mit den Armen herum und versuchte die blaue Plage loszuwerden, als sie gegen das Geländer des Plateaus stieß. Der Schwarm war so dicht, dass sie nichts mehr sehen konnte und ihre Flügelschläge waren so laut, dass es ihr unmöglich war noch klar zu denken. Sie fühlte die Beinchen auf ihrer Haut, sie hörte das heftige Schlagen ihrer Flügel. Konnten Falter einen Menschen verschlingen? Zumindest fühlte es sich gerade so an. Sie spürte, wie plötzlich eine Hand nach ihr griff. „Was ist los? Beruhige dich!" Es war Zels Stimme. Beruhigen? Sie und beruhigen? „Du sollst zu den Räubern? Bitte schön! Das ist alles deine Schuld!" Sie griff nach Zels Arm, zog sie zu sich und schubste sie über das Geländer. Freier Fall - für beide. Rie wollte Zel noch festhalten, als sie bemerkte, was sie getan hatte, doch es war zu spät. Rie wurde mit ihr in den Abgrund gerissen.

Zel wachte von einem leichten Kitzeln an ihrer Nasenspitze auf. Als sie sich kratzte spürte sie plötzlich etwas feuchtes. Sie öffnete die Augen und sah an ihren Fingerspitzen eine blaue Flüssigkeit kleben. Sie sah sich um. Sie entdeckte einen kleinen blauen Schmetterling auf der Sofakante. Das war seltsam. In diese Gegend des Ödlands hatte sich zuvor noch nie irgendein Tier verirrt und die Fenster hatte Zel auch nie geöffnet, denn egal wie schlecht die Luft in ihrer Wohnung war, der Lärm von dort draußen war schlimmer. Als Zel sich aufrichtete, flatterte der Schmetterling davon. Er drehte eine Runde im Zimmer und landete schließlich auf der Klinke der Wohnungstür. Sie stand auf und ging zum Spiegel im Badezimmer, um sich das Gesicht zu waschen, doch nachdem sie den Wasserhahn aufgedreht hatte und aufschaute, sah sie nichts. Keinen einzigen Tropfen blauer Farbe auf der Nase oder sonst wo. Nicht einmal mehr auf ihrer Hand, so als hätte sie es sich bloß eingebildet - schlaftrunken wie sie war. In diesem Moment machte sich der Schmetterling wieder bemerkbar. Er schwebte lautlos durch ihr Blickfeld, um ihren Kopf herum und dann wieder zurück ins Wohnzimmer. Zel folgte ihm. Sie wollte ihn rauslassen, damit er in ihrer Wohnung nicht zugrunde ging. Widerwillig öffnete sie ein Fenster. Der Lärm strömte herein wie ein Gewitter aus Geschrei und Schüssen, vermengt mit dem Gestank von

Schießpulver, Blut und Schweiß. Sie hoffte, dass sie ihren winzigen Besucher so schnell wie möglich wieder verabschieden konnte – nicht, dass sie ihn nicht mochte, doch draußen war er besser aufgehoben als in ihrer Zelle. Ganz im Gegensatz zu Zel, die sich in ihrem hermetisch abgeriegelten Kubus noch am wohlsten fühlte – solange die Fenster geschlossen waren. Der Schmetterling blieb wieder auf der Klinke der Wohnungstür sitzen. Zel musste nachhelfen. Sie schnappte sich ein großes Wasserglas aus der kleinen Küche und das dünnste Brettchen, das sie finden konnte. Sie schlich sich an das kleine blaue Wesen heran und wollte ihm gerade vorsichtig das Glas überstülpen, als der Schmetterling sie scheinbar durchschaute und davonschwirrte. Sie ließ ihn nicht aus den Augen, folgte ihm einmal quer durchs Zimmer und landete mit ihm schließlich wieder an der Wohnungstür.

Ich glaube ich habe hier einen toten Punkt erreicht.
Keine Sorge, ich kriege das hin.

Mit einem Mal drängten sich weitere Schmetterlinge in die Wohnung, durch den Türschlitz am Boden. Seit wann quetschen sich großflügelige Insekten derart durch einen so engen Spalt und wozu überhaupt? Gab es etwas in ihrer Wohnung, dass sie derart anzog? Eigentlich mussten ihre

56

Flügel nach diesem Akt vollständig hinüber sein. Zel öffnete die Tür, um zu sehen woher die Tiere kamen. Als sie auf den Flur hinaussah, sah sie nichts - zumindest nichts, das außergewöhnlich war. Keine blauen Schmetterlinge. Als sie sich umdrehte waren selbst die verschwunden, die sie bereits besucht hatten. In diesem Moment knackte der Lautsprecher auf dem Flur: „Alte Heriettie Lawrence und Rapunzel, bitte zum Plateau. Sie mögen bitte Vincents Sohn abholen. Heriettie Lawrence und Zel, bitte zum Plateau." Hätte sie weiterhin auf ihrem Sofa geschlafen, hätte sie diesen Aufruf nicht bemerkt. Ein merkwürdiger Zufall. Um das Rätsel der verschwundenen Schmetterlinge würde sie sich später kümmern, denn zuerst musste sie zum Plateau, um Vin abzuholen. Was sie wohl dort oben machten? Zel gefiel es überhaupt nicht so weit oben mitten in diesem Albtraum. Sie fragte sich, warum keiner der Gardisten auf Ohrenstöpsel bestand. Sie hätte sich welche gewünscht - oder zumindest Ohrenwärmer, die sie sich hätte überziehen können. Sie durchsuchte sämtliche Taschen an ihrer Kleidung, doch sie konnte nicht einmal ein Taschentuch finden, mit dem sie ihre Gehörgänge hätte abdichten können. Mit einem von Kopfschmerzen geplagtem Gesichtsausdruck wanderte sie über die Aussichtsplattform. Es dauerte nicht lange, bis ihre Ohren ihr verrieten, wo sich Vin und Heriettie aufhielten. „Ich nehme ihn sofort wieder mit in die Stadt," hörte sie Heriettie schnaufen. „Wozu die Eile? Sie können gerne noch ein wenig bleiben, wenn sie möchten," antwortete ein Gardist. „Ich gehe jetzt. Wenn du mitkommen willst, dann ab", rief Heriettie gerade, als Zel sie endlich erreicht hatte. „Zel! Was zum Henker sollen wir hier oben? Kannst du mir das mal erklären?", meckerte sie ihr ins Gesicht. Wie konnte ein einzelner Mensch nur immer so voller Aggressionen sein? Das konnte nicht gut sein - für niemanden. „Ich weiß es nicht. Vin hat uns doch aufrufen lassen. Ich fühle mich hier oben überhaupt nicht wohl." Zel wollte so schnell wie möglich wieder runter. Heriettie drehte sich zu Vin und brüllte: „Vin! Meine Geduld ist am Ende! Jetzt raus damit oder du kannst was erleben! Was sollen wir hier oben?! Und wehe du kommt jetzt wieder mit *keine Ahnung* oder *weiß nicht* oder dieser bescheuerten Stimme, die du dir einbildest!" Wie kam sie nur dazu den Kleinen so anzugehen. Sie wollte Heriettie zurechtweisen, als Vin völlig verschüchtert murmelte: „Du musst etwas tun." „Und was soll ich deiner Meinung nach tun?", brüllt die Furie. „Du sollst Zel zu den Räubern bringen." „Zu den Räubern?", platzte es aus Zel heraus. Zu den Räubern? Da unten? Niemals! Was sie die ganze Zeit hörte war schon mehr als genug. Mehr musste sie von diesen Kreaturen nicht mitbekommen. „Wozu?", meckerte Heriettie weiter. „Um den Wahnsinn zu beenden." „Was denn für ein Wahnsinn?" Herietties Stimme runzelte die Stirn. „Ich... Alte... bring Zel zu den Räubern." „Auf keinen Fall!", rief Zel. „Da sind wir mal einer Meinung! Hör auf mit dem Blödsinn und komm mit!" „Das geht nicht. Sie will es so." „Ach, *sie* will es so. Na, wenn das so ist?" Heriettie sah sie beide böse an. Sie ging an ihnen vorbei und setzte sich auf den Boden. „Na? Könnt ihr das sehen? Das hättet ihr nicht erwartet, was? Ich bleibe hier sitzen! Solange es nötig ist! Ich lasse mich nicht herumkommandieren! Ich bin kein Spielzeug! Hörst du mich, du blöde Stimme?" Heriettie hatte scheinbar den Verstand verloren. Was wollte sie damit bezwecken? Warum ging sie nicht einfach, wenn sie nicht hier sein wollte? Aber mit einem hatte sie Recht: Was sollte das mit dieser Stimme? Dachte sich Vin das alles nur aus oder war er tatsächlich überzeugt jemanden zu hören? Und warum wollte sie diese Stimme dort unten im Labyrinth haben? Das gefiel Zel ganz und gar nicht. Aus dem Nichts tauchten wieder diese seltsamen, zierlichen Insekten mit den schillernden Flügeln auf. Ein ganzer Schwarm fiel über Heriettie her. Es waren so viele, dass sie kaum noch zwischen ihnen zu erkennen war. Sie sprang auf und versuchte sie mit Schlägen loszuwerden. „Ich werde noch wahnsinnig!" Heriettie taumelte gegen das Geländer. Das war viel zu gefährlich. Das konnte böse enden. Zel wollte sie von dort wegholen, sie zu sich ziehen, um das Schlimmste zu verhindern. „Was ist los? Beruhige dich!", rief Zel. „Du sollst zu den Räubern? Bitte schön! Das ist alles deine Schuld!" Heriettie griff nach Zel. Sie zog sie zu sich und warf sie mit einem Mal über das Geländer. Im letzten Moment versuchte Heriettie noch sie festzuhalten, doch es war zu spät. Nun fielen sie gemeinsam in den Abgrund – abwärts ins Labyrinth. Abwärts zu den Räubern – wie die Stimme es gewollt hatte.

Ich weiß.

Ich spiele mit dem Feuer.

Du wirst sehen, es wird besser.

Als Rie ihr Bewusstsein wieder erlangte, lag sie auf Zel, die ihren Sturz aufgefangen hatte. Die Verrückte lag auf dem Boden und bewegte sich nicht. Sie waren mitten im Labyrinth gelandet, Räuber rasten an ihnen vorbei. „Zel?" Rie schüttelte sie. Wie viele Meter sind das gewesen? Wie tief sind sie gefallen? Jedenfalls so tief, dass Rie eigentlich nicht mehr in der Lage hätte sein dürfen, diese Frage zu stellen. Sie beide hätten nun Matsch sein müssen. Ein weiterer Fleck unter den vielen anderen. „Heriettie?" Zel richtete sich auf. „Geht es dir gut? Bist du verletzt?" Rie ging es gut. Keine Wunde, keine Prellung. Sie fühlte sich etwas schwindelig, das war alles. Zel musste die ganze Wucht des Aufpralls eingesteckt und sie damit vor dem Schlimmsten verschont haben - und dennoch, stand Zel vor ihr, unversehrt, klopfte sich den Schmutz von der Hose und richtete ihr langes, weißes Haar. „Wir sind..." Noch bevor Zel ihren Satz beenden konnte, knallte etwas hinter der Wand neben ihnen ganz gewaltig und verursachte eine tiefe Delle darin. Zel begann am ganzen Körper zu zittern. Sie sank langsam zusammen und blieb auf dem Boden hocken, wie ein verängstigtes Kind. Rie hockte sich neben sie und hielt ihr die Ohren zu. Sofort wurde Zel ruhiger. Rie wusste, dass sie nichts zu befürchten hatten. Die Räuber hatten kein Interesse an ihnen, nicht einmal an den Gardisten, die sich gegen sie wehrten - sie waren einzig und allein hinter den Neunzehnern her. Rie und Zel mussten bloß dort unten bleiben und sich ruhig verhalten, bis der Tag vorbei war, bis Schlag Mitternacht. Ein paar Räuber kreuzten ihren Weg, während sie es sich auf dem dreckigen Boden mehr oder weniger bequem machten. Es herrschte eine seltsame Atmosphäre dort unten. Während die Neunzehner um ihr Leben kämpften und ein großer Teil von ihnen diesen Kampf im Laufe des Tages verloren, saß Rie dort unten, gegen das kalte Metall gelehnt und geistesabwesend in den dunklen Himmel starrend. Plötzlich riss Zel sich los. Sie schlug Ries Hände von sich, rappelte sich stolpernd hoch und rannte davon. „Was soll das?", rief Rie ihr nach. Doch da war Zel schon um die Ecke gebogen. Ihre Panik würde sie noch umbringen. Ach, und wenn schon. Rie blieb bei ihrem Entschluss sich einfach nur ruhig zu verhalten. Alles würde ohne Probleme vorüber gehen. Sie zog ihre Beine an und schloss die Augen. Sie wusste, dass sie hier unten sicher war. So sicher wie in ihren vier Wänden, unter einer weichen Decke, während Regen und Sturm draußen tobten. Sie wurde mit einem Mal schläfrig. Dieser Tag hatte sie sehr viel Kraft gekostet, vom Sturz ganz zu schweigen. Sie konnte keine Sekunde länger wach bleiben und schlief entspannt ein. Ihr Hintern tat weh, als ihr Nickerchen zu Ende war. Auch ihr Rücken hatte sich schon einmal besser angefühlt. Der harte

Boden und die starre Metallwand waren jedenfalls nicht so gemütlich wie ein Bett mit flauschiger Decke. Sie brauchte einen Moment, bis sie wieder aufrecht auf ihren zwei Beinen stand. Sie klopfte sich die Erde vom Hinterteil und lauschte. Es war still. Keine Räuber oder Menschen zu sehen. Sie setzte sich in Bewegung. Endlich konnte sie zur Garage gehen und ihre Maschine holen - und vor allem von hier weg. Doch es war gar nicht so einfach den richtigen Weg zu finden. Immer wieder landete sie in einer Sackgasse. Sie sah zum Turm hinauf und versuchte sich zu orientieren, als ihr etwas Seltsames auffiel. Die Fledermäuse waren verschwunden. Keine Seele war mehr oben auf dem Plateau. In der gesamten Geschichte des Turms war so etwas noch nie passiert. Der Turm war rund um die Uhr in Betrieb. Pausenlos. Und nun war er menschenleer. Als sie es endlich zur Garage geschafft hatte, stand eines der Tore offen. Niemand war dort. Sie blieb einen Moment stehen und hielt die Luft an. Nur, um zu horchen. Doch es gab kein Geräusch, sie war die einzige im Turm. Keine Schreie, keine Explosionen. Sie schnappte sich ihre alte Maschine und fuhr los. Im ganzen Ödland war weit und breit kein Räuber in Sicht. Was war bloß passiert? Als sie sich umsah, entdeckte sie eine Ansammlung von Leuten, nahe der äußeren Labyrinthmauer. Eine Mischung aus Fledermäusen, Rennern und Neunzehnern. Als sie näher heranfuhr, um zu sehen was dort los war, sah sie inmitten der Menge einen einzelnen Räuber und auf seinem Rücken saß jemand – jemand Blasses. Sofort als sie merkte, dass es eine der beiden Personen war, die sie am meisten verabscheute, bremste sie so hart ab, dass sie beinahe umkippte. Sie blieb stehen, kramte ihr Fernglas hervor und beobachtete die Szene. Zel schien sich mit jemandem aus der Menge zu unterhalten. Rie konnte nicht hören worum es ging, doch in Zels Gesicht konnte sie Aufregung sehen – Aufregung, Unsicherheit und eine kleine Spur Wut. Sie stieg schließlich unbeholfen vom Räuber ab, der plötzlich in die Luft ging. Niemand schien verletzt worden zu sein. Aus Richtung der Stadt sah Rie einen Polizeiwagen heranrasen. Kein Wunder. Was auch immer diese Irre angestellt hatte, sie war der Grund für das Verschwinden der Räuber. Nicht, dass das im Allgemeinen von Nachteil wäre, aber eine fremde Frau, deren Herkunft niemand kannte, die scheinbar mit den Räubern irgendwie vertraut war und sie mit einem Mal verschwinden ließ, musste zwangsläufig das Interesse der Polizei wecken. Rie gab Gas in Richtung Stadt. Niemand sollte auch nur bloß auf die Idee kommen, sie mit ihr in Verbindung zu bringen. Gut, sie hatte Zel gefunden, sie war für sie das, was man noch am ehesten als Freundin oder Bekannte hätte bezeichnen können und dieses außergewöhnliche Ereignis fand statt, nachdem Rie sie besucht hatte, doch Rie hatte nicht das Geringste mit all dem zu tun! Sie beschloss sich so schnell wie möglich in ihre Bäckerei zurückzuziehen und die Türen von innen zu verbarrikadieren.

Als Zel aufwachte pochte es in ihrem Kopf beinahe so stark wie damals, als Heriettie sie im Ödland gefunden hatte. Ihr Körper fühlte sich an wie aus Beton, schwer und träge. Als sie die Augen öffnete sah sie Heriettie. Sie lag halb auf ihr und versuchte aufzustehen. Das metallische Schaben war ganz in der Nähe. So laut war es noch nie gewesen. Heriettie schüttelte sie. Sie versuchte Zel etwas zu sagen, doch sie konnte sie nicht verstehen. Alles was sie hörte war der Albtraum dort unten im Labyrinth. „Heriettie? Geht es dir gut? Bist du verletzt?" Zel schien es soweit gut zu gehen. Sie konnte aufstehen, wenn auch langsam. Ihre Arme und Beine schienen intakt. Intakt? Seltsam, dass ihr gerade dieser Begriff in den Sinn kam. „Wir sind...", begann Zel, als mit einem Mal etwas großes, schweres gegen eine der Metallwände knallte und sie zerbeulte. Es musste ein Räuber gewesen sein, der dagegen gerannt war. So nah war Zel diesen Monstern noch nie gewesen. Ihr Körper wehrte sich gegen diese Umgebung, er begann zu zittern, während der unerträgliche Lärm unentwegt auf sie einprügelte. Sie war so schwach auf den Beinen, dass sie sich nicht mehr oben halten konnte. Sie fiel auf die Knie und krallte ihre Hände in den Boden, um zumindest ein Minimum ihres Stresses loszuwerden. Ihre Spannung musste raus, genauso wie sie beide aus dem Labyrinth und diesem Wahnsinn. Dass Heriettie sich neben sie gesetzt hatte, bemerkte Zel erst, als sie ihr wieder die Ohren zuhielt. Ihr wurde so warm und wohlig wie zuvor in ihrem Gefängnis. Ihre Kopfschmerzen ließen nach, das Getöse wurde leiser. Ein Räuber rannte an ihnen vorbei. Zel spürte ihn. Es kribbelte in ihren Fingerspitzen. Es war, als würde eine Wolke elektrischer Spannung an ihr vorbeiziehen. Dieses Gefühl kam ihr bekannt vor. Das hatte sie immer, wenn sie... Wenn sie was? Die Räuber... Vor Zels geistigem Auge tauchte eine Skizze auf, eine Blaupause. Darauf war eine Art Gerüst zu sehen. Ein Gerüst in der Form eines Hundes? Es schien sich zu bewegen. Es sah sie an. Überall waren Kabel, Drähte und ein Netz aus feinen Schläuchen, die mit einer blauen Flüssigkeit gefüllt waren, die zirkulierend durch das System geleitet wurde. Als sie sich den Schädel näher ansah, tauchte plötzlich eine Tastenkombination auf: rOtE_L4krIt25t4n6E - ein Code. Ein Code für... das zentrale Nervensystem? Ein zweiter Räuber rannte an ihnen vorbei. Zel sprang auf und rannte ihm nach. Sie hörte Heriettie ihr etwas zurufen, doch Zel war mit den Gedanken gerade ganz woanders. Sie wusste, dass sie der Lösung ganz nah war. Ganz egal, was Heriettie von ihr wollte, das konnte warten. Das musste warten. Sie bog um die Ecke. Ein Neunzehner kreuzte ihren Weg, gefolgt von einem Gardisten, der mit seinem Revolver auf den Räuber hinter ihnen zielte. Er drückte ab, doch verfehlte ihn. Die beiden Menschen liefen weiter, der Räuber raste auf Zel zu. Bevor er sie umrennen konnte, streckte Zel ihre Hand nach ihm aus. Das kitzeln in ihren Fingerspitzen war so intensiv, das es fast schmerzhaft war. Je näher die Bestie kam, desto lauter wurde das metallische Schaben. Der Nebel aus elektrischer Spannung wurde dichter. Als die aufgeladene Wolke Zels ausgestreckte Hand erreichte, blitzte der Code vor ihrem geistigen Auge auf. Sie griff nach ihm, zerquetschte ihn in ihren Gedanken und der Räuber wurde langsamer, stellte seine Raserei ein. Kurz vor Zel kam das übergroße Hundewesen zum Stehen. Es stand still. So still wie kein normales lebendes Wesen hätte sein können. Keine Atmung, nicht das geringste Muskelzucken unter seinem Fell war sichtbar. Der Räuber war wie eingefroren. Eine Statue aus einer grauenhaften Fratze und filzigem Haar. Zel griff nach dem zotteligen Pelz und zog sich mit aller Kraft herauf auf den Rücken des Räubers... nein, Schakals. Sie fasste in elektrischen Nebel hinein, der zwischen ihr und dem Schädel der vierbeinigen... Maschine schwebte. Sie wischte die... Energiepartikel hin und her. Sie wollte den Wahnsinn beenden. Sie wollte die Schakale zerstören. Für immer. Sie wusste ganz genau, was sie wollte, aber nicht, was ihre Hände gerade taten. Obwohl sie bei vollem Bewusstsein war und aus Überzeugung handelte, so fühlte sie sich fremdgesteuert.

Fremdgesteuert von sich selbst. Ihre Hand drückte an einem... Energieknoten und ein knisternder Impuls wurde ausgelöst, der sich wie Schallwellen über das gesamte Labyrinth ausbreitete und darüber hinaus. Auf dem Rücken des Schakals ritt Zel los, an den Neunzehnern und den Gardisten vorbei hinaus aus der Schlachtzone. Die Schakale folgten ihr. Sie kamen vom Turm, aus dem Ödland, von allen Seiten. Unter normalen Umständen hätte sie das beunruhigt, wenn nicht sogar in Panik versetzt. Doch die Umstände waren nicht normal. Sie war nicht normal. Nichts war normal. Die Schakale versammelten sich um sie herum. Sie standen geduldig vor ihr, wie Hunde, die von ihrem Frauchen gerufen worden sind und nun auf ihren Befehl warteten. Und wie sah nun dieser Befehl aus? Zel fasste wieder in den Nebel aus Energie, der sämtliche Schakale miteinander vernetzte, wischte darin herum und legte eine einzelne... Energiesequenz frei. Sie umfasste sie mit der rechten Hand und warf sie von sich. Wie rote Fische durch verzweigte Flüsse bewegten sich die unzähligen Kopien der aktivierten Selbstzerstörungssequenz durch das Netz aus Energie zu jedem einzelnen der Schakale. Wie brave, dressierte Haustiere leisteten sie Zels Befehl folge: Sofort nachdem die Sequenz sie erreichte, flogen sie in die Luft ohne auch nur das geringste Stückchen Maschine im Ödland zurückzulassen. Von einem Moment auf den anderen waren sie verschwunden, mit ihnen all die anderen markerschütternden Geräusche, die Zel permanent gequält hatten. Es war still. So wundervoll still. Für einen Moment war Zel ganz woanders. Sie war raus aus dem Ödland, raus aus dem Wahnsinn, den sie gerade beendet hatte und raus aus ihrem ganz eigenen, persönlichen Wahnsinn in ihrem Kopf. Es war vorbei. Es war so ruhig. Endlich konnte sie wieder... dort unten... ihre eigenen Gedanken hören.

Zel war nicht weit gekommen. Aus ihrem alten Krankenzimmer im zweiten Obergeschoss hatte sie es nur ein Stockwerk höher in die Psychiatrie geschafft. Seit sie im Ödland aufgewacht war, wurde sie von Gefängnis zu Gefängnis verlegt. Sie war doch keine Gefahr für die anderen. Zumindest glaubte sie das. Sie hatte die Schakale zerstört, diese schrecklichen Maschinen. Der Wahnsinn war vorbei, die Stadt gerettet. Auch wenn sie es Zel nicht dankte. Doch das verlangte sie auch nicht, sie war sogar froh darüber, denn sie wurde das unangenehme Gefühl nicht los, dass sie überhaupt Schuld an der ganzen Sache war. Zumindest musste sie eine Teilschuld tragen, anders konnte sie sich das alles nicht erklären. Sie hatte keine Antwort auf die Fragen der Städter, nicht einmal auf ihre eigenen. Zum Schutze aller hatte man sie in die psychiatrische Abteilung des Krankenhauses gesteckt, isoliert von allen anderen. Von Nacht zu Nacht fiel es ihr schwerer sich selbst davon zu überzeugen, dass sie nicht verrückt war und für wenige Augenblicke Schlaf zu finden. Was sollte bloß aus ihr werden? Wenigstens war es endlich still. Gegen Mitternacht tauchte es wieder auf. Es kam von oben. Zel sprang aus dem Bett. Geschlafen hatte sie ohnehin nicht. Die Zerstörung der Schakale hatte sie sehr viel Kraft gekostet. Noch heute war sie leicht schwach auf den Beinen, trotzdem schleppte sie sich so schnell sie konnte zum verschlossenen Fenster und sah in den dunklen Himmel. Alles schwarz. Mit ihren Augen konnte sie nichts erkennen, aber mit ihren Ohren. Sie hörte Maschinen. Einen Schwarm von Maschinen. Und er kam näher. Unten im Garten der Heilanstalt rief jemand ihren Namen. Es war Vin. Er stand barfuß im Pyjama vor ihrem Fenster und winkte ihr zu. „Lauf weg!", rief sie ihm zu, doch er konnte sie nicht hören. Sie torkelte durch den Raum und klopfte gegen die zugesperrte Zimmertür: „Sie sind wieder da! Hey! Hört ihr mich? Die Räuber kommen!" „Ja, sicher", murrte eine Stimme von draußen. „Wenn ich es doch sage! Sie müssen die Leute warnen! Ich bin nicht verrückt!" Genau Zel, das würde eine Verrückte niemals sagen. Sie litt an Amnesie, konnte weder sich selbst noch sonst irgendjemandem begreiflich machen, was mit ihr los war, aber deswegen war sie noch lange nicht irre! Es kam keine Antwort mehr von draußen. Hier würde sie nicht weiterkommen. Sie humpelte wieder zurück zum Fenster. Die Geräusche wurden lauter. Sie musste dort raus. Von diesem Zimmer aus konnte sie nichts unternehmen, falls sie überhaupt noch einmal dazu in der Lage war. Sie schnappte sich einen Hocker, doch sie konnte ihn kaum heben, geschweige denn gegen das Fenstern schleudern. Sie war nicht einmal davon überzeugt, dass es überhaupt irgendetwas ausgemacht hätte. Sie ließ den Hocker enttäuscht fallen und drückte ihre

Hände gegen das kalte Glas. Sie ließen ihr nicht den Hauch eines Fluchtweges. Aber es musste einen Weg hier raus geben - irgendwie. Ihre Hände fühlten sich mit einem Mal klebrig an, als hätte sie in Schleim gefasst. Sie bemerkte schnell, dass da nichts schmieriges auf der Scheibe klebte, sondern die Scheibe sich selbst plötzlich zu einer Art Gel verformte. Sie hatte zwei handgroße Stücke aus dem Fenster gepflückt, so als hätte sie mit bloßen Händen die Füllung aus einem Kirschkuchen herausgegriffen. Das schleimige Glas war warm, fast schon heiß und zerfloss zwischen ihren zitternden Fingern.

Ja, sie zittert viel zu oft!
Ich weiß, das ist so vorhersehbar!

Sie presste ihre Handflächen wieder gegen das kalte Glas. Es wurde warm und glitschig. Es fühlte sich an wie heißes Wasser. Sie spürte den kühlen Wind hereinwehen, sie war draußen. Sie hatte es tatsächlich geschafft! Überraschung und Freude trieben ihre Füße immer weiter voran, immer weiter durch das schmelzende Fenster hindurch. In der ganzen Aufregung hatte sie vergessen, dass ihr Zimmer nicht im Erdgeschoss lag und fiel drei Stockwerke tief in den Hof der Anstalt. Noch bevor sie sich darüber ärgern konnte, schmeckte sie die Freiheit in Form von trockenem Gras und Klee. „Zel!", rief Vin. Zel hörte wie er zu ihr rannte. Das bedeutete, sie lebte noch. Das war schon das dritte... nein, das zweite Mal, dass sie von irgendwas heruntergefallen war. Moment... oder doch drittes Mal? „Zel! Alles in Ordnung?" Das war es tatsächlich. Bis auf die üblichen Kopfschmerzen und Glieder aus Pudding ging es ihr erstaunlich gut. „Schnell! Wir müssen hier weg und die Leute warnen! Neue Räuber kommen!" Sie griff nach Vins Hand, um ihn mit sich zu ziehen, als er versuchte ihr etwas zu sagen. Das Lärmen der Maschinen war inzwischen so laut, dass sie kein Wort von ihm verstand. Sie blieb stehen, drehte sich um und beugte sich zu dem Jungen runter. „Wir müssen zur Alten Heriettie." „Wieso?", fragte Zel. Vincents Sohn sah auf den Boden, als hätte er etwas verbrochen: „Ich weiß nicht. Die... wir sollten zu ihr." „Die Stimme?" Vin nickte unsicher. Es war also wirklich noch nicht vorbei. Es wäre ein zu großer Zufall, würden sie beide sich das alles nur einbilden. Sie war nicht verrückt, genauso wenig wie Vin. Und wenn die Stimme sagte, sie mussten zu Heriettie, dann mussten sie zu Heriettie.

Ich weiß, was du davon hältst.

Zum ersten Mal konnte Zel sich in der Stadt frei bewegen. Zuvor wurde sie entweder im Krankenwagen oder Polizeiauto zwangschauffiert. Auf eigenen Beinen über das steinige Pflaster der Straße zu laufen war wundervoll, auch wenn der Anlass schrecklich war. Vin wusste als einziger, wo es zu Herietties Patisserie ging, also lief er voran, so schnell wie er es mit seinen kurzen Beinen fertigbrachte. Der metallische Lärm kam von allen Seiten und mit ihm gefiederte Monster, die vom Himmel herabregneten. Sie verteilten sich über die Dächer der ganzen Stadt, gruben ihre spitzen Schnäbel und scharfen Klauen in die Gebäude. Es waren vogelähnliche Kreaturen in der Größe der Schakale, doch sie bewegten sich wie Schlangen, als sie durch die zerfetzten Löcher krochen, die sie in die Mauern gerissen hatten. Es dauerte nicht lange, da sprangen sie wieder heraus, mit jungen Menschen in den Klauen. Sie war dort unten auf der Straße zu weit weg, um in die Blaupausen sehen zu können. Ihre Ohren schmerzten von dem Lärm, von dem sie dachte, dass er sie nie wieder quälen würde. Sie hielt sich die Ohren zu, während sie mit Vin weiter die Straße hinunter lief. Selbst wenn sie diese fliegenden Bestien hätte zerstören können, so wäre auch dies mit großer Wahrscheinlichkeit nicht das Ende gewesen. Zel war sich sicher, dass all das, was in der Stadt passierte, vielmehr Symptome waren, nicht die Krankheit, nicht der

Wahnsinn, den sie stoppen mussten. Und Vin würde sie zu diesem Wahnsinn führen - wie auch immer er aussah.

Nein, das war zuviel!

Es ist vorbei, ich kriege es nicht mehr hin!

Es tut mir leid.

So leid.

Du hast ja recht.

Es ist meine Schuld.

Immer.

Vin wurde plötzlich schneller. Zel hatte Mühe ihn nicht aus den Augen zu verlieren. Herietties Bäckerei war sofort an dem großen Schild zu erkennen, in der Form eines Phönix. Zel wusste nicht besonders viel über diese Frau, aber dass sie die Bäckerin des beliebtesten Kuchens der Stadt war, war selbst ihr bekannt. Heriettie war so reich an Talent wie sie an Empathie arm war. Doch wenn Vin überzeugt war, dass sie ein Teil des Puzzles war, dann musste es irgendwie einen gemeinsamen Weg geben.

Ich wünschte ich könnte...

Die Tür des Hauses stand offen und Vin wartete direkt

all das, was in der Stadt passierte, ...
... waren, nicht die Banken, nicht die Wohnungen
die sie ... Und Wir würde sie an besseren
Wohnungen führen – wie auch immer er aussieht.

Nein, das war unmal!
Es ist vorbei, ich kriege es nicht mehr hin!
Es tut mir leid.
So leid.
Du hast a recht.
Es ist meine Schuld.
Immer.

Wir würde plötzlich schneller. Ich hatte Mühe
ihn nicht aus den Augen zu verlieren.
Henriettes Bäckerei war sofort an dem großen
Schild zu erkennen, in der Form eines Anais.
Ich wusste nicht besonders viel über diese Frau,
aber dass sie die Bäckerin des beliebtesten
Kuchens der Stadt war, war selbst ils
bekannt. Henriette war so reich an Talent
wie sie an Empathie arm war. Doch wenn
Wir überzeugt war, dass sie ein Teil des
Puzzles war, dann musste es irgendwie einen
gemeinsamen Weg geben.

Ich wünsche ich könnte...

davor. Zel war noch einige Meter entfernt. Sie sah einen der Vögel auf dem Dach sitzen und Ausschau halten. „Vin! Komm zurück!" Auch wenn das wütende Monster es nicht direkt auf sie abgesehen hatte, so konnte es in seiner Nähe gefährlich werden. Vin hörte nicht auf sie. Er sah sie nur an und verschwand kurz darauf im Schatten des Hauses. Von Heriettie war keine Spur. „Vin!", rief Zel, als sie das Gartentor passierte. Sie rannte geradewegs auf die offen stehende Eingangstür zu, als plötzlich eine dunkle Gestalt heraustrat. Sie war so groß, dass sie nicht aufrecht durch den Rahmen treten konnte. Gebeugt schritt sie in das trübe Licht der Straßenlaterne hinein. Erst, als sie auf der Veranda stand und sich komplett ausstrecken konnte, erkannte Zel das, was ihr Gesicht sein sollte, ein kahler, blasser Schädel eines Hirschs. Ein dunkler Umhang umhüllte Kopf und Körper. Nur die knochigen Hände ragten aus den Ärmeln heraus, die mit schmutzigen Bandagen umwickelt waren. Reflexartig machte Zel einen Satz rückwärts, übersah dabei die kleine Terrassentreppe und stolperte. Nicht nur ihre Erscheinung war seltsam und furchteinflößend, auch das fehlen irgendwelcher akustischen Lebenszeichen verunsicherten Zel. Kein Herzschlag, keine Atmung, kein Puls. Nichts.

Gibt es wirklich keinen anderen Weg?

Der Hirsch schüttelte den Kopf, so als würde er auf eine Frage antworten, die nie gestellt wurde.

Es tut mir leid, Vin.

Dann ging er wieder zurück in die Bäckerei ohne einen Ton von sich zu geben. Wer oder was auch immer es war, es war bei Vin. Zel richtete sich so schnell sie konnte auf, übersprang die beiden Stufen hoch zur Veranda, als die Tür mit einem Knall vor ihr zuschlug. Zel war so schnell gerannt, dass sie beinahe gegen das Holz stieß. Sofort schlug sie dagegen und rief nach Vin, doch es kam keine Antwort. Weder von ihm, noch von der dürren Gestalt. Stattdessen hörte sie plötzlich Schüsse hinter sich. Als sie sich umdrehte, stand ein Polizist auf der Straße und schoss in den Himmel, er schoss auf die fliegende Bestie über dem Dach. Zel wusste sofort, dass das keine gute Idee war. Sie wusste nur nicht, warum oder woher. Sie wollte ihm zurufen, ihn warnen, doch da hatte er das Monster schon getroffen. Es stieß einen schrillen Schrei aus und zerfiel in tausend Teile. Trümmer, Federn und eine Flüssigkeit, die nicht nach Blut aussah, fielen herab. Die Ziegel des Daches verflüssigten sich wie das Fenster, durch das Zel aus dem Krankenhaus geflohen war. Doch anders, als das Glas, dampfte die geschmolzene Materie. Die Flüssigkeit musste wie eine Säure wirken. Sie durchdrang das erste Hindernis Richtung Boden und fraß sich weiter durch die Etagen. Das Gebäude wurde instabil und brach Stück für Stück in sich zusammen. „Ein Junger ist da drin! Helfen Sie mir!", rief sie dem Polizisten zu, doch der war von anderen Vögeln in der Luft zu sehr abgelenkt und lief ihnen nach, um Jagd auf sie zu machen. Zel war allein. Wie immer. Sie rannte zur Tür und warf sich mit aller Kraft dagegen. Sie gab sofort nach, als wäre sie nur angelehnt gewesen. „Vin!" Zel durchsuchte die untere Etage, doch weder im Wohnzimmer, noch in der Küche oder im Bad war er zu finden. Sie wollte grade die Treppe zur oberen Etage hinaufrennen, als diese ihr entgegenkam und mit ihr Holz, Stein, Tapete und Kadaver. Zel war begraben unter Trümmern, von scharfkantigen, staubigen, harten Stücken von Bauwerk und Habseligkeiten. Sie wühlte sich an die Oberfläche. Ihr Blick war verschwommen, jeder Knochen schmerzte. „Vin!", brüllte sie so laut sie konnte. Keine Antwort. „Vin! Wo bist du?" Es blieb still. Als sie wieder auf beiden Beinen stand, war Herietties Patisserie verschwunden und mit ihr Vin. Zel kletterte auf den Berg aus Schutt und grub mit bloßen Händen nach ihm.

Ja, ich kenne die Regeln.

Kein banales plot device, kein MacGuffin.

„Zel! Was zum Henker machst du da?" Es war Heriettie. Sie stand am Straßenrand. „Vin! Vin ist da drin!" Zel vergrub ihren Arm so tief sie konnte in den Berg aus Trümmern, doch sie fühlte nichts. Sie hörte nichts. Kein Lebenszeichen. Ihr Arm brannte, aber das war ihr egal. Es spielte keine Rolle, solange sie Vin nicht befreit hatte. „Finger weg von meinem Haus!", brüllte Heriettie und zerrte an ihr. „Nein! Er muss da raus! Er muss da raus!" Das durfte einfach nicht wahr sein! Was war das für eine Gestalt gewesen? Warum ist ausgerechnet hier eine Harpyie erschossen worden? ...Harpyie? Mit einem Mal wurde Zel weggerissen. Heriettie hatte sie grob am Arm gepackt und vom Schutt weggezerrt: „Er ist tot! Vollkommen hinüber! Kapier das doch endlich?" Nein! Es wollte nicht in ihren Kopf rein! Was ging hier nur vor? Und warum Vin? Was hatte er denn getan?

Warum musste er sterben? Ihre Augen waren ganz nass, doch sie konnte nichts daran ändern, genauso wenig wie sie Vins Tod hatte verhindern können. Heriettie streckte ihre Hand nach Zel aus und flüsterte: „Lass uns von hier verschwinden. Wir werden herausfinden, wer für Vins Tod verantwortlich ist. Aber zuerst müssen wir hier weg. Wenn

die Leute deinen Arm sehen, könnten wir Probleme kriegen."
Das war das erste Mal, dass Zel sie lächeln sah. „Mein Arm?"
Zel wurde schlagartig schwindelig, als sie bemerkte, was mit
dem Arm passiert war, mit dem sie zuvor in der
klebrigsauren Masse nach Vin gegraben hatte. Er war wie
gehäutet. Die Säure musste... Aber warum war dann der Arm
noch... Er war blau. Blau! Was in aller Welt ging nur hier
vor? Von diesem Zeitpunkt an war sie sich keiner Sache
mehr sicher. Nicht einmal sich selbst. Vielleicht hatte sie keine
Erinnerungen, weil sie selbst gar keine Vergangenheit hatte.
Vielleicht hörte und fühlte sie absonderliche Dinge, weil sie
selbst absonderlich war. Vielleicht hatte sie diese
übermenschlichen Kräfte, weil sie selbst gar kein Mensch war.
„Schnell, komm mit!" Heriettie brachte sie zu ihrem Motorrad.
Zel wusste nicht wohin mit sich. Sie konnte nicht klar
denken. Ihre Gedanken kreisten um Vin, den Hirsch und das
Blau in ihrem Körper. Sie merkte erst, dass sie sich auf
Herietties Maschine gesetzt hatte, als sie losrasten.

Anfangs hatte Rie die Befürchtung, ihr Geschäft mit den Phönixtorten könnte genauso eingehen wie die Räuber, doch zu ihrer Überraschung trat das Gegenteil ein. Sie hatte mehr zu tun denn je, denn es gab nun doppelt bis dreimal so viele Neunzehner die ihren zwanzigsten Geburtstag erlebten. Und traditionsgemäß musste dies mit einer Phönixtorte gebührend gefeiert werden. Sie hatte keine Kapazitäten für einen solchen Ansturm. Einige der Bestellungen musste sie ablehnen. Sie hatte bloß zwei Hände und einen Ofen. Plötzlich begann das Radio zu rauschen. Keine Musik mehr. Sie drehte an den Reglern, doch kein einziger Sender wollte funktionieren. Vielleicht Wartungsarbeiten oder ein Kurzschluss? Es war ohnehin Zeit fürs Bett, es war kurz nach Mitternacht. Aufräumen würde sie heute nicht mehr. Sie wischte ihre Hände an einem Handtuch ab und ging die Stufen hinauf ins Wohnzimmer. Sie war nicht allein. Von draußen drang ein Lärm herein, der ihr nicht unbekannt war - der Lärm des Turms. Was suchte der hier? Als sie die Haustür öffnete, wurde er lauter. Schreie, Schüsse, allgemeine Panik. Die Straße vor ihrem Haus war leer. Kein Mensch war zu sehen. Über den Dächern bewegte sich etwas. Es sah aus wie Vögel, ziemlich große Vögel. Die meisten ohne und einige mit menschlicher Beute in ihren Krallen zappelnd. Die Stadt wurde angegriffen. Ein Angriff von geflügelten Räubern. Rie schloss die Tür von außen und lief ihnen nach. Als sie nah genug dran war, um freien Blick auf den Marktplatz zu haben, stürzte plötzlich eines dieser gefiederten Monster auf sie herab und versperrte ihr den Weg. Es sah aus wie eine Mischung aus Adler und Mensch, mit spitzem Schnabel, zwei gewaltigen Flügeln, lederner Haut und vier Hühnerkrallen, die groß genug waren, um einen ausgewachsenen menschlichen Körper problemlos zu umschließen. Es starrte sie an, kam einige Schritte näher. Es legte den Kopf schief. Mal auf die eine, mal auf die andere Seite. Dabei gluckste es. Rie bewegte sich keinen Millimeter. Das Monster verlor das Interesse, drehte ihr den Rücken zu und verschwand wieder über den Dächern, auf der Suche nach einem Neunzehner. Der Weg zum Brunnen war wieder frei. Als sie dort ankam, sah sie Polizisten, die in die Luft schossen. Zwei lagen auf dem Boden. Nein, nur einer – in zwei Teilen. Er sah irgendwie glitschig aus. Trümmer und blubbernder Schleim lagen dort, wo zuvor die intakte Radiostation gestanden hatte. Als eines der Monster mitten im Flug von einer Kugel getroffen wurde, suppte eine klare Flüssigkeit aus seiner Wunde. Alles, das sie berührte, löste sich schäumend auf. Kurz darauf zersprang das Monster in tausend Teile, die sich noch während ihres Falls verflüssigten, auf den Brunnen trafen und ihn in nichts anderes als ein tiefes, klaffendes Loch verwandelten. Räuber 2.0, die nicht nur explodierten, wenn man sie verletzte, sie zersetzten auch noch alles in ihrem Umfeld. „Hey!", rief ein Polizist ihr zu. „Gehen Sie rein!" Unsinn. Rie war nicht in Gefahr. Von ihr wollten sie nichts. Der Beamte wartete nicht einmal auf ihre Reaktion. Er löste seinen Blick von den Monstern, rannte auf Rie los und riss sie an ihrem Arm mit sich. Er verschanzte sich mit ihr und drei anderen Leuten in irgendeinem Gebäude am Marktplatz. Rie kannte diese Leute nicht. Sie hatte sie noch nie gesehen. Sie waren damit beschäftigt an den Fenstern zu kleben und auf den Platz hinauszustarren. Auch der Polizist spähte hinaus, mit der Waffe im Anschlag. Sie waren alle so sehr mit ihrer Angst beschäftigt, dass sie gar nicht merkten, wie Rie sich in den hinteren Bereich des Gebäudes stahl und glücklicherweise eine Hintertür fand, durch die sie sich geräuschlos verdrücken konnte. Auf dem Weg zu ihrer Bäckerei war plötzlich wieder alles still. Dort, wo vorher ihre vertraute Nachbarschaft war, lag nun ein Feld aus Trümmerhaufen, blubbernden Seen und schäumenden Pfützen. Sie achtete darauf nicht aus Versehen in das Blut dieser neuen Räuber zu treten. Als sie in ihrer Straße ankam, sah sie es schon von weitem – ihr Haus! Sie rannte los. Ihre Bäckerei! Es waren nur noch wenige Schritte. Sie stand am Gartenzaun, mehr war ihr nicht geblieben. Alles zerstört, wie die Radiostation, wie der Brunnen und so vieles andere auch.

Der einzige Ort, an dem sie sich wohl fühlte, an dem sie sich von allem um sie herum abschotten konnte, ihre einzige eigene kleine Welt, weg. Inmitten der Trümmer hockte Zel. Sie schien nach etwas zu suchen. Sie grub ihre Arme ganz tief in die zähflüssigen Teile von dem, was vielleicht einmal die Hauswand oder das Dach gewesen war und obenauf lag. „Zel! Was zum Henker machst du da?" „Vin! Vin ist da drin!" Rie kletterte auf den Hügel aus Schutt. Es war nicht einfach festen Untergrund zu finden, der ihren Schritten Halt gab. Zel hatte ihren rechten Arm bis zur Schulter im Schleim vergraben und wühlte kräftig darin herum, als Rie endlich auf der Spitze des Desasters ankam. „Finger weg von meinem Haus!", brüllte sie. Sie zog an Zels Schultern. „Nein! Er muss da raus! Er muss da raus!" Die Säure löste Zels rechten Arm auf, doch sie schaufelte weiter. Die Schmerzen mussten unerträglich sein. „Du hast sie nicht alle! Du bist vollkommen durchgeknallt, du blöde Irre!", brüllte Rie weiter, doch Zel schien sie nicht zu hören oder hören zu wollen. Ihr Arm hätte sich schon längst verflüssigt haben müssen. Wie konnte sie noch immer damit in ihrem Haus herumwühlen? Rie packte Zels linken Arm, den sie zum Wühlen auf den noch unversehrt aussehenden Rehschädel abstützte und riss sie fort: „Er ist tot! Vollkommen hinüber! Kapier das doch endlich!" Zel sank zusammen und fiel in eine Schockstarre. Sie rührte sich nicht mehr und gab nur noch seufzende Laute von sich. Mit jedem Tropfen Schleim, der von Zels Körper fiel, kam mehr und mehr von dem zum Vorschein, was von ihrem Arm übrig geblieben war. Ihr Arm war blau. Blau und glatt, wie aus Metall. Zel weinte in ihre Hände und schien überhaupt nicht zu bemerken, dass ihr ein Teil ihrer Haut fehlte. Rie sah es genau. Sämtliche Hautschichten waren komplett verschwunden, keine Nervenstränge mehr, keine Blutgefäße, kein Fett. Nur noch Muskeln waren zu sehen. Blaue Muskeln, so glatt wie poliertes Metall. Doch sie bewegten sich, sie zuckten und spannten sich an, wie intaktes noch lebendes Fleisch. Rie sah sich um. Was sollte sie nun tun? Ihr Heim und ihre Existenz waren mit einem Mal verschwunden. Und wessen Schuld war das? Rie kannte die Antwort. Der Grund allen Übels saß dort oben auf ihrem Haus. Dieser jammernde, erbärmliche, irre Grund, den sie mehr als alles andere hasste. Seit sie sie im Ödland gefunden hatte, machte sie ihr alles zunichte. Ihre Ruhe, ihre Freiheit und jetzt auch noch ihr Heim! Wäre sie nicht gewesen, würden die Räuber weiterhin wüten. Es konnte kein Zufall sein, dass diese fliegenden Vogelmonster auftauchten, nachdem die Räuber verschwunden waren. Da musste ein Zusammenhang bestehen. Und Zel war Teil dieses Zusammenhangs, da war sich Rie sicher. Genauso wie die blauen Falter. Denn warum sonst sollten sie das gleiche Blau miteinander teilen? Rie wusste, dass es keinen Sinn hatte, Zel auszuquetschen. Sie würde wieder schwören, dass sie nichts wusste, dass sie keine Ahnung hatte, woher sie kam oder was das alles sollte. Rie blieb nur sich Zels Vertrauen zu erschleichen. Was sollte es? Schlimmer konnte es nicht mehr werden. Rie hatte nichts mehr zu verlieren. Nichts. Und das war genau ihr Problem. Sie würde dahinter kommen, egal was es kostete und den Verantwortlichen vernichten, mindestens zweimal. Er sollte dafür büßen. Rie reichte Zel die Hand und sagte leise: „Lass uns von hier verschwinden." Als Zel mit ihrem verheulten Gesicht zu ihr aufsah, versuchte Rie sich mit aller Kraft ein sanftes Lächeln abzuringen. „Wir werden herausfinden, wer für Vins Tod verantwortlich ist. Aber zuerst müssen wir hier weg. Wenn die Leute deinen Arm sehen, könnten wir Probleme kriegen." Sie half Zel auf, während sie den Würgereiz unterdrückte, der sich mit jedem *wir*, das über ihre Lippen gekommen war, gemeldet hatte. „Mein Arm?" Zel sah an sich herunter. Sie schien überhaupt nicht registriert zu haben, was da passiert war. Rie hatte nicht die geringste Ahnung, wo sie mit Zel hin sollte. Sie wusste nur, dass sie aus der Stadt raus mussten. Dass ihr Arm sie in Schwierigkeiten bringen konnte, war eine ernsthafte Befürchtung. Würden andere ihn entdecken, könnten sie sie für immer wegsperren und dann würde sich Rie niemals rächen können. Ihr würde schon etwas einfallen.

„Schnell, komm mit!" Sie zog Zel mit sich Richtung Motorrad, das zum Glück unversehrt in der Einfahrt stand. Rie zog ihren Helm an, wartete, bis Zel sich hinter sie gesetzt hatte und fuhr los.

Als sie die Stadt hinter sich gelassen hatten und mitten im staubigen Nichts angekommen waren, tauchten die Falter plötzlich auf. Sie schwirrten zuerst um Ries Kopf herum, dann nahmen sie an Geschwindigkeit zu und flogen ihr voraus. Es war also noch nicht vorbei. Fein. Warum nicht? Sie wollten, dass sie ihnen folgte? Konnten sie haben! Sie würden schon sehen, was sie davon hatten! Was auch immer an ihrem Ende auf sie wartete, es würde sich wünschen es hätte sich niemals mit ihr angelegt! Rie gab Gas. Kurz darauf erschien etwas dunkles vor ihnen. Zuerst war es nur ein Schatten, dann wuchs dieser schwarze Fleck in die Höhe und bekam ein weißes Gesicht. Rie wollte ausweichen, doch es war zu spät. Sie traf den Schatten, doch ohne Schaden zu nehmen. Sie fuhr geradewegs durch ihn hindurch, wie durch eine dunkle Wolke. Ries Herz hörte für einen Moment auf zu schlagen und sie verlor die Kontrolle über ihre Maschine. Sie landete unsanft auf dem harten Boden, ihre Maschine schlitterte noch in paar Meter weiter. Auf dem Boden liegend drehte sie sich zum Schatten um. Sie erkannte nun, dass dieses weiße Gesicht nicht nur ein Gesicht war, sondern der blanke Schädel eines Rehs mit kleinem Geweih. Der Schatten sah aus wie eine lange, dünne Person, die in einem schwarzen Umhang steckte. Als sie sich zu Rie umdrehte, steckte ein Stück eines blauen Falters zwischen ihren Zähnen, der Rest von ihm zuckte zwischen ihren dürren Knochenfingern. Sie hatte sie alle aufgefressen! Dieses Ding hatte die Falter gefressen! Rie wollte etwas rufen, doch sie konnte nicht. Ihr Brustkorb schmerzte fürchterlich. Wahrscheinlich waren zwei oder drei Rippen gebrochen. Bevor Rie sich wieder aufrappeln konnte, hatte sich das dunkle Reh in Luft aufgelöst. Nun war sie alleine hier draußen im Ödland, alleine mit Zel. War das wirklich ein Reh? Das ist doch alles vollkommen verrückt! Die Falter waren nun jedenfalls Geschichte, sie musste sich selbst etwas einfallen lassen. „Hast du Schmerzen?", fragte sie Zel und sah auf ihren Arm. Zel schüttelte den Kopf. Vorsichtig hob Rie Zels Arm an. Er war so kalt wie Eis und so glatt, dass er sich nass anfühlte. Die Haut fehlte fast bis zur Schulter. Die blauen Muskeln und Knochen lagen blank. Dort, wo die Verätzung ansetzte, zogen sich dunkle Gewebereste wie Spinnennetze aus schwarzem Schwamm über den freigelegten Muskel. Rie wusste nicht, was sie tun sollte. Zel schien keine Schmerzen zu haben und der Ring aus verletztem Gewebe am Oberarm schien verödet zu sein. Es sah so aus, wie eine Brandwunde. Es gab kein Blut, kein Wundsekret, keine Rötung und keine Schwellung. Die Haut war einfach weg, sonst fehlte Zel nichts. Zel hatte Tränen in den Augen. „Wir sollten uns etwas suchen, wo wir erst einmal bleiben können. Ein Dach über dem Kopf", sagte Rie, um schnell das Thema zu wechseln. Zel wischte sich mit dem warmen Handrücken die Augen halbwegs trocken: „Der Turm." Der Turm? Zel hatte Recht. Er war der einzige Ort, an dem sie bleiben konnten. Sonst gab es nur Bäume, Gras und Felsen. Der Weg zum Turm war frei. Nichts als Ödland. Keine Räuber, keine Renner, keine Fledermäuse, nur ein feiner Teppich aus winzigen Grashalmen. Als sie den Turm erreicht hatten, mussten sie feststellen, dass all seine Tore verschlossen waren. Es gab keinen Weg hinein. „Und jetzt?", fragte Zel nervös. Woher zum Henker sollte ausgerechnet *sie* das wissen? Rie setzte sich gegen eine der Metallwände und lehnte sich erschöpft zurück: „Ich weiß es nicht." Zel gesellte sich zu ihr. „Wenn du dich doch nur erinnern könntest. Vielleicht wüsstest du einen Weg", begann Rie. Wenn sie es geschickt anstellte, würde sie Zel möglicherweise doch etwas herauslocken können. Ein Versuch war es wert, auch wenn es ihr unwahrscheinlich schwerfiel. Zel legte ihren Kopf auf ihre Knie: „Ich wünschte, ich könnte es. Dann könnten wir herausfinden woher die Schakale kommen, und die... die Harpyien, die... Vin... er hat mich oft besucht. Wir haben uns überlegt, wie wir uns nennen wollen. Nachdem die Räuber weg waren, hätte alles gut werden können. Er wollte Bäcker werden. Er wollte bei dir lernen, hast du das gewusst?" Zum Glück war der kleine Irre vorher verdampft. „Er... wir wollten zusammen... das Brandmal." Zel warf einen flüchtigen Blick auf ihre rechte Hand und fing sofort wieder an zu weinen. Am liebsten hätte Rie sie erwürgt. Stattdessen stand sie auf, ging zum Motorrad und kam mit ihrem Fahrzeuglack wieder. „Gib mal her", sagte sie und nahm Zels blaue Hand. Eiskalt. Es war, als würde sie die künstliche Hand eines Cyborgs halten. Sie begann etwas auf den Handrücken zu pinseln. Sie bemühte sich es sehr langsam zu machen, schließlich musste sie sich noch ein paar Worte zurechtlegen. Als sie den letzten Strich des traditionellen Symbols fertig hatte, begann sie: „Du bist Teil dieser Stadt. Egal, wer du bist oder woher du kommst, du bist frei, wie jeder andere von uns. Du allein kannst entscheiden, was du aus deinem Leben machen möchtest. Das mit deinem Arm kriegen wir schon irgendwie hin. Ob wir nun dahinter kommen oder nicht, darauf kommt es nicht an. Wir beide haben es geschafft. Hinter uns ist keines dieser Monster her. Sollte uns nichts einfallen, gehen wir in die Stadt zurück und beginnen ein neues Leben. Wie der Phönix aus der Asche." Wieder rang sie sich ein verkrampftes Lächeln ab. So viel selbstproduzierter Schmalz brachte sie fast zum Würgen. „Vielleicht...", murmelte Zel, während sie auf das Brandmal starrte. Das hatte leider nicht die Wirkung, die Rie erreichen wollte. Was hatte sie auch erwartet? So eine Rede widerstrebte einfach ihrer Natur.

„Was um alles in der Welt machst du hier, Rose? Wir haben dich überall gesucht! Sag bloß, du warst das mit den Kojoten?", tönte eine männliche, aufgebrachte Stimme. Rie sah sich um. Sie konnte niemanden entdecken. „Wer war das?", auch Zel blickte sich um. „Ich glaub es ja nicht! Du kannst doch nicht einfach... und was hast du mit dieser Städterin überhaupt zu schaffen? Warte ab bis Paps davon erfährt, dann kannst du was erleben!" Rie ahnte Furchtbares. Hatte sie sich nun doch angesteckt? War nun auch ihr Verstand hinüber? Bildete sie sich auch schon Stimmen ein, wie dieser bescheuerte tote Knirps? „Jetzt bewege endlich deinen Hintern hier hoch oder sollen wir dich holen kommen?" „Na kommt doch!", rief Rie mitten ins Blaue hinein. „Ich habe wirklich keine Ahnung, wer...", flüsterte Zel verunsichert. „Wie du willst!" Die Stimme klang so, als würde jemand direkt neben Rie stehen und ihr ins Ohr sprechen. Doch dort war niemand. Sie fuchtelte mit ihren Armen um sich, um sicher zu gehen, dass nicht vielleicht ein Unsichtbarer bei ihnen war. Mittlerweile hielt sie selbst das für möglich. Doch sie fühlte nichts und niemanden. Wer war das? Und wer war Rose? Plötzlich kam etwas durch die Nacht herab geflogen und landete zwischen ihr und Zel. Es war einer der fliegenden Greifer. „Ihr beide kommt jetzt hoch! Es wird eine Versammlung geben! Nur deinetwegen, Rose! Was hast du dir nur dabei gedacht?" „Wer zum Henker soll diese Rose denn sein?", platzte es aus Rie heraus. Zel stand neben ihr, stumm und nutzlos. Wie immer. „Meine geistig umnachtete Schwester natürlich, die dumme Nuss neben dir! Was hast du dieser Städterin denn erzählt?" „Ich weiß von nichts!", jammerte Zel. „Genau *das* hat sie immer erzählt!" Rie wusste nicht auf wessen Seite sie sein sollte. Weder die eine noch die andere gefiel ihr sonderlich. Darum entschied sie sich fürs erste für ihre eigene. „Wie kommst du nur dazu hier runterzufahren und die Kojoten umzuprogrammieren?" „Schakale!", schoss es aus Zel heraus. Sie hielt sich die Hand vor den Mund. „Fängt das schon wieder an? Wir haben abgestimmt! Sie heißen *Kojoten!* Finde dich damit ab! Du weißt, dass alles einer demokratischen Ordnung folgt! Nur weil du sie gebaut hast..." Der Greifer verstummte. Nach einer kurzen Pause fuhr er fort: „Ich rege mich nicht mehr darüber auf. Sollen sich doch die anderen mit dir herumärgern. Henry wird dafür sorgen, dass ihr rechtzeitig bei der Versammlung seid. Ende!" Rie schossen so viele Fragen durch den Kopf, die sie Zel gerne gestellt hätte, doch nur eine schaffte ihren Weg hinaus durch ihren Mund: „Du bist mit Vögeln verwandt?" Noch bevor es zu irgendeiner Antwort kommen konnte, schwang sich der riesige Vogel in die Luft, packte eine nach der anderen mit seinen riesigen Klauen und verschleppte sie in den

Himmel, geradewegs durch die Nebelkuppel.

Jeder Augenblick schmerzte. Zel konnte nicht sagen, ob sie zehn Minuten unterwegs waren, eine Stunde oder drei. Sie wusste nicht einmal wohin sie fuhren. Sie öffnete die Augen nicht ein einziges Mal. Und dennoch sah sie immer das gleiche Gesicht. Dieses Lächeln an der Tür, das so traurig ausgesehen hatte. Ob Vin gewusst hatte... ob diese Stimme... war es vielleicht dieser Hirsch? Sie kam nicht mehr dazu weiter darüber nachzudenken, denn ein schrecklicher Ruck riss sie plötzlich aus ihren Gedanken und zu Boden. Was war bloß passiert? „Hast du Schmerzen?", fragte Heriettie mit geöffnetem Visier. Zel hatte keine Schmerzen, zumindest keine physischen. Wenn sie ehrlich war, spürte sie mittlerweile gar nichts mehr. Selbst als Heriettie sich ihren Arm ansah, ihren nackten, dunklen Arm und mit ihren Fingern über die glänzende Oberfläche fuhr. Zel fühlte nichts. Es war als würde ein Geisterarm an ihrer Schulter hängen, der irgendjemandem gehörte, nur nicht ihr. Er war einfach... falsch. Wie so vieles andere. „Wir sollten uns etwas suchen, wo wir erst einmal bleiben können. Ein Dach über dem Kopf", schlug Heriettie vor. Ein Dach über dem Kopf? Seit Zel im Ödland aufgewacht war hatte sie ein seltsames Gefühl, das sie nicht beschreiben konnte. Sie dachte, dass es mit ihrem Gefängnisleben zu tun hatte, doch jetzt, als sie unter dem freien Himmel stand, niemand ihr vorschrieb wo sie zu sein hatte und ihr die - wenn auch kleine - Welt offen stand, war dieses seltsame Gefühl noch immer nicht verschwunden. Sie fühlte sich noch immer gefangen, nicht nur wegen der Nebelkuppel. Da war noch etwas anderes. Sie sah nach oben und irgendetwas in ihr sagte ihr, dass dies nicht der Himmel war. „Der Turm", fiel Zel ein. Sonst blieb ihnen ohnehin nichts mehr übrig, als diese schwarze, stille Nadel mitten im Nichts. Auf dem Weg dorthin begegneten ihnen keinerlei Lebenszeichen, keine Maschinen, keine Menschen. Beide hatten hinter ihnen in der Stadt genug miteinander zu tun. Und Zel hatte Schuld daran. Im Labyrinth von den Schakalen verfolgt, hätten sie zumindest eine Chance gehabt. Nun war der Turm verlassen und abgesperrt. Es gab keinen Weg hinein. Zel hätte es mit ihrem Durch-die-Wand-Geh-Trick vielleicht geschafft durch eine der Metallwände zu wandern, doch es fehlte ihr die Kraft es auch nur zu versuchen. „Und jetzt?", fragte sie stattdessen. „Ich weiß es nicht", gab Heriettie seufzend zurück und ließ sich gegen die Wand fallen. Zel hatte keine bessere Idee und tat es Heriettie gleich. „Wenn du dich doch nur erinnern könntest. Vielleicht wüsstest du einen Weg", begann Heriettie mit leiser, ruhiger Stimme. „Ich wünschte, ich könnte es. Dann könnten wir herausfinden woher die Schakale kommen, und die... die Harpyien, die... Vin... er hat mich oft besucht. Wir haben uns überlegt, wie wir uns nennen wollen. Nachdem die Räuber weg waren, hätte alles gut werden können. Er wollte Bäcker werden. Er wollte bei dir lernen, hast du das gewusst?" Zels Kopf war so schwer, dass sie befürchtete ihre Knie könnten ihn nicht tragen. Sie verstand kaum ihr eigenes Wort, als sie in ihrer Knie nuschelte. „Er.. wir wollten zusammen... das Brandmal." Ja, ein Brandmal auf dem Handrücken ihrer eiskalten, dürren, Kralle. Warum dieser Junge? Zels Blick verschwamm. Ihre Augen waren einfach zu nass. „Gib mal her", sagte Heriettie und packte den Arm, der nicht zu Zel gehörte. Sie begann etwas auf den Handrücken zu pinseln. Zel wusste sofort was es war. „Du bist Teil dieser Stadt. Egal, wer du bist oder woher du kommst, du bist frei, wie jeder andere von uns. Du allein kannst entscheiden, was du aus deinem Leben machen möchtest. Das mit deinem Arm kriegen wir schon irgendwie hin. Ob wir nun dahinter kommen oder nicht, darauf kommt es nicht an. Wir beide haben es geschafft. Hinter uns ist keines dieser Monster her. Sollte uns nichts einfallen, gehen wir in die Stadt zurück und beginnen ein neues Leben. Wie der Phönix aus der Asche." Früher hätte ihr diese Geste viel bedeutet. „Vielleicht...", war das einzige, das Zel herausbrachte. „Was um alles in der Welt machst du hier, Rose? Wir haben dich überall gesucht! Sag bloß, du warst das mit den Kojoten?", plärrte eine fremde Stimme.

„Wer war das?" Zel sah sich um, doch außer Heriettie und ihr war niemand dort. „Ich glaub es ja nicht! Du kannst doch nicht einfach... und was hast du mit dieser Städterin überhaupt zu schaffen? Warte ab bis Paps davon erfährt, dann kannst du was erleben! Jetzt bewege endlich deinen Hintern hier hoch oder sollen wir dich holen kommen?" „Na kommt doch!", rief Heriettie. „Ich habe wirklich keine Ahnung, wer...", gab Zel der Stimme zurück. „Wie du willst!" War das vielleicht die Stimme, die Vin so durcheinander gebracht hatte? War es der Hirsch? Oder wurden sie beide nun schließlich doch verrückt? Von oben raste plötzlich wieder dieses metallische Schaben auf sie zu. Zel wusste schon, dass es eine Harpyie war, noch bevor sie aus dem Nebel hervorkam und auf sie zuschoss. „Ihr beide kommt jetzt hoch! Es wird eine Versammlung geben! Nur deinetwegen, Rose! Was hast du dir nur dabei gedacht?", meckerte die Stimme. „Wer zum Henker soll diese Rose denn sein?", maulte Heriettie. „Meine geistig umnachtete Schwester natürlich, die dumme Nuss neben dir! Was hast du dieser Städterin denn erzählt?" „Ich weiß von nichts!" Zel hatte wirklich keine Ahnung wovon die Stimme sprach. „Genau *das* hat sie immer erzählt!", beschwerte sich Heriettie. Wie kommst du nur dazu hier runterzufahren und die Kojoten umzuprogrammieren?", meckerte der unsichtbare Mann weiter. „Schakale!", verteidigte sich Zel, ohne zu wissen wieso oder gegen wen. „Fängt das schon wieder an? Wir haben abgestimmt! Sie heißen *Kojoten*! Finde dich damit ab! Du weißt, dass alles einer demokratischen Ordnung folgt! Nur weil du sie gebaut hast... Ich rege mich nicht mehr darüber auf. Sollen sich doch die anderen mit dir herumärgern. Henry wird dafür sorgen, dass ihr rechtzeitig bei der Versammlung seid. Ende!" „Du bist mit Vögeln verwandt?", wollte Heriettie wissen. Was sollte diese dumme Frage? Hatte sie nicht bemerkt, dass die Stimme von wo anders kam? Und wie konnte sie nur so etwas abwegiges denken? Wobei... eine Maschine...? Die Harpyie breitete ihre künstlichen Flügel aus, schwang sich in die Luft, umfasste Heriettie und Zel mit ihren Krallen und verschleppte sie beide durch das falsche Dach aus ätzendem Nebel.

Der Nebel lichtete sich und der Greifer ließ sie auf einem Steg absteigen. Der Steg war etwa zwei Meter breit und hatte einen Gitterboden. Es gab ein Geländer. Unter ihnen waberte die dichte Nebeldecke. „Rose! Liebes! Wo hast du nur gesteckt?" Der Greifer hüpfte zur Seite, auf eines der Geländer und gab den Blick frei auf einen blonden Mann mit müdem Gesicht und einer Tasse in der linken Hand. „Wo sind wir hier?", fragte Zel. „Wo wir sind? Wir sind im Atrium. Auf dem Gitter. Wie gefallen dir die Harpyien? Ich hab mir ganz besonders viel Mühe gegeben, deine Pläne so exakt wie möglich umzusetzen." Er begann zu lächeln: „Du warst ja leider nicht da, Liebes." „Welche Pläne?" „Hm? Deine Skizzen. Du hast dir ein neues Modell ausgedacht, weißt du nicht mehr? Sieh mal wie gut sie funktionieren. Nur das Gitter macht ein paar Schwierigkeiten. Es ist nicht gerade das Neueste. Hin und wieder bricht mal was ab." Er nahm einen Schluck. „Marv meint, du hättest die Kojoten demoliert? Der ist ja sowas von sauer, Liebes!" Er grinste breit. „Ich weiß nicht...", begann Zel. „Sie kann sich an nichts erinnern – sagt sie." Rie wurde unruhig. Dieses Gespräch würde sich auf diese Weise hinziehen wie drei Tage alte Innereien, also fiel sie ihr ins Wort. „Nicht erinnern? An dieses Gesicht?" Er ging am Greifer vorbei, geradewegs auf Zel zu. Sie wich zurück. „Was hast du denn?" Er ging noch einen Schritt auf sie zu.

Ein Schritt zu viel. Zel wurde plötzlich panisch und rannte fort. Weit kam sie nicht, denn nur fünf oder sechs Meter weiter brach das Gitter unter ihr ein und sie nahm den schnellstmöglichen Weg abwärts. „Hoppla", sagte der blonde Mann und gab dem Greifer einen Klaps. Sofort schwang sich das Monster vom Geländer und verschwand wie Zel in den Tiefen des Nebels. „So, und du bist?" Der Mann nahm noch einen Schluck aus seiner Tasse. Genervt? In ihrem schlimmsten Albtraum? „Die, die Zel unten gefunden hat." „Zel?" Er machte große Augen. „Das ist der Name, den man ihr gegeben hat, als sie plötzlich auftauchte und niemand wusste, wer sie war. Einschließlich sie selbst. Ich habe sie gefunden. Sie lag im Ödland. Sie war tot. Da bin ich mir sicher." „Tot? Na nu? Das ist ja interessant." Aus dem Nebel tauchte wieder der Greifer auf, mit einer ziemlich mitgenommenen Zel. Ihr ganzer Körper war blau. „Keine Sorge, das kriegen wir wieder hin. Komm mit." Der blonde Mann ging voran, ihm folgte der Greifer mit dem bewusstlosen blauen Ding in den Klauen. Rie sah sich um. Nichts als Nebel und Metall. Es gab keinen Grund ihnen nicht zu folgen. Es war der einzige Weg. Und auch der einzige, um herauszufinden, was zum Henker hier vor sich ging. Sie wurde nicht gezwungen, ihr wurde nicht gedroht. Anders als Zel hatte sie nicht das Gefühl in Gefahr zu sein. Im Gegenteil. Zumindest dieser müde Mann schien ein ganz vernünftiger Mensch zu sein. Anders als die meisten, die ihr in den letzten Wochen untergekommen waren. Es fiel ihr nicht schwer ihnen zu folgen. Der Mann und der Greifer gingen voran, Rie folgte. Sie konnte nicht fassen, was hier passierte. Sie befand sich gerade mehrere tausend Meter über dem Ödland, jenseits des Nebels. Über ihr ein Gewölbe aus hellen Metallplatten. Alles, das sie kannte, war eingeschlossen in einem gewaltigen Gebäude, wie auch sie selbst. „Also, was ist hier los?", fragte sie, ohne langsamer zu werden. „Das hat dir Rose nicht erzählt, oder? Ich weiß nicht, was da unten passiert ist oder was sie dir erzählt hat. Aber ich bin gerne bereit dir all deine Fragen zu beantworte. Es dauert ohnehin noch eine ganze Weile bis wir in der Biodruckstation sind. Also, was willst du wissen?"

Diesmal ist es anders.

Warte noch.

Du wirst schon sehen.

Wie wäre es mit *wo* sie sind? Mit *wer* sie sind? Und was das ganze *Blau* eigentlich sollte? Doch Rie schenkte ihm bloß zwei hochgezogene Augenbrauen. Der Mann lachte: „Ja ja, du hast ja Recht. Es ist schon eine ganze Menge. Wo fange ich denn am besten an?" Er nahm einen kräftigen Schluck aus seiner Tasse, blieb dann unvermittelt stehen und drehte sich zu Rie um. Noch mit der Tasse in der Hand, umfasste er Ries Gesicht und sah ihr lange und tief in die Augen. Dabei entfleuchte seinen Lippen ein leises „Hm". Dann wand er sich von ihr ab und führte den Spaziergang fort. Er begann: „Das, was du hier siehst und wo du bisher gelebt hast, ist das Atrium. Das Atrium ist der größte innere Garten der Tesla. Und die Tesla, das ist ein Schiff. Ein Raumschiff, um genau zu sein. Geht dir das zu schnell?" Rie erholte sich noch von seiner seltsamen Musterung. Doch gedanklich konnte Sie ihm dennoch einigermaßen folgen. „Ein Raumschiff also...", wiederholte sie. „Und warum leben wir dort unten und wissen nichts davon? Warum ist Zel oder Rose oder wie auch immer so blau? Ist sie kein Mensch, eine Maschine oder ein Alien?" Sie hätte auch noch weiter fragen können ob sie selbst überhaupt ein Mensch war, ob es überhaupt noch normale Menschen gab oder ob sie sich das alles inklusive seiner Wenigkeit nicht doch einbildete. Sie wäre mit jeder Antwort zurechtgekommen. Hauptsache es gab eine. „Das ist ein bisschen kompliziert. Weißt du, wir hatten noch nie jemanden, dem wir unsere Geschichte erzählen mussten. Ich weiß selbst nicht so recht, wie ich anfangen soll, aber ich habe da eine Idee. Komm mal her, Liebes." Rie hatte keine Ahnung warum, aber sie vertraute ihm. Er war der erste, der ihr vernünftige Antworten gab und dafür war sie sehr dankbar. Sie stellte sich neben ihn. Mit seiner linken Hand tastete er ihren Kopf ab. Er fuhr von ihrer Stirn aus über den höchsten Punkt ihres Schädels bis hin zu ihrem Hinterkopf und Nacken. „Lass das, Henry!", plärrte die körperlose Stimme von vorhin. „Wer ist das?", fragte Rie. „Keine Sorge, noch bevor du blinzeln kannst, werden all deine Fragen beantwortet sein." Ach wirklich? Rie schloss ihre Augen. Als sie sie wieder öffnete, überkamen sie die stärksten Kopfschmerzen ihres Lebens. Sie fiel in die Hocke, hielt ihren Kopf und versuchte ihr schmerzhaftes Murren zu unterdrücken. Ein paar jammervolle Laute huschten zwischen ihre zusammengebissenen Zähne hindurch. Es war einfach zu viel. „Gut gemacht, Henry!", meckerte die Stimme wieder. „Halt die Klappe, Marv!", platzte es aus Rie heraus. Sie wusste nun wer er war. Er war Zels Bruder, älter als sie, aber kleiner. Er arbeitete in der Kommandozentrale, hatte einen Überblick über die Arbeiten in den Sektionen, das Vorankommen und die Statistiken in Sachen Verbrauch. Und er war ein Pisser. Ein nervtötender Erbsenzähler, hart aber nicht gerecht. Rie hasste ihn auf der Stelle. „Das ist zu viel für ihren Kopf!", plärrte er. Henry half Rie hoch: „Hoppla. Sorry, Liebes." Der Schmerz und die Visionen zwangen ihr den Schweiß auf die Stirn. Rie war infiziert, so wie der gesamte Rest der

Besatzung auf der Tesla. Zel hatte sie angesteckt, als sie ihren Arm berührte. Angesteckt mit Bakterien. Die vom Kometen. Es war seltsam. Henry hatte seine Erinnerungen in ihr Hirn kopiert. Sobald sie sich etwas fragte, war es so, als würde sie sich an etwas erinnern, das sie schon längst kannte und nur vergessen hatte. Es war so, als würde jede Antwort, nach der sie suchte, in einem unbeschrifteten Karton auf sie warten. In ihm Bilder, Geräusche und Emotionen, durch die sie sich nur zu wühlen brauchte und schon *erinnerte* sie sich.

Siehst du?

Ich habe gelernt!

Niemand muss mehr sterben.

Sie war auf der Tesla, einem Raumschiff in Form eines Mondes mit dem Durchmesser einer Millionenstadt, das durch das Sonnensystem der Erde kreuzte. Sie war ein Pilotprojekt zum Austesten von Ideen, Einrichtungen und Geräten zur autonomen Versorgung – der Versuch einer vollkommenen Autarkie als Lebensgrundlage jenseits der Erde. Alles lief gut, bis aus dem Nichts ein Komet auftauchte und das Schiff rammte. Es wurde nicht nur beschädigt, sondern auch mit dem rasenden Gesteinsbrocken mitgerissen. Raus aus dem

Sonnensystem und raus aus jeglichem Kontakt mit der Heimat. Die Schäden am Schiff waren schon längst behoben, doch die Tesla war dennoch flugunfähig. Wegen des Komas. Wegen des Nebels, der sich wie eine Hülle um den Kometen legte und alles zersetzte, mit dem er in Berührung kam. Das einzige bisher gefundene Lebewesen auf diesem kargen Stück Dreck war ein Bakterium. Es war immun gegen den ätzenden Nebel, so wie das, was es infizierte. Zumindest ein Teil davon. Die Knochen, die Muskeln, die Sehnen, der gesamte Bewegungsapparat des menschlichen Körpers. Bisher hat noch niemand herausgefunden, was das infizierte, blaue Gewebe zerstören konnte. Doch es funktionierte nur mit natürlichem menschlichem Gewebe. Infizierte Tiere oder künstlich hergestellte Zellen waren zu brüchig und eigneten sich nicht für ihren Rettungsplan, so kam es eines Tages zu einem Deal zwischen der Besatzung und den Passagieren der Tesla: Es wurde demokratisch beschlossen, dass die äußere Hülle des Schiffs von innen mit infiziertem Gewebe ausgekleidet wird. Mit infiziertem Gewebe der Besatzung und der Passagiere. Seit Jahrzehnten meldeten sich die ausgewachsenen Leute ab ihrem zwanzigsten Geburtstag freiwillig, um ihre Körper für die Rückkehr in die Heimat einzusetzen. Eine Gewebeprobe wurde verwahrt und ihr Bewusstsein digital abgespeichert, um sie in ihrer Heimat durch Klonen wieder zum Leben zu erwecken. Ein temporärer Tod. Doch nachdem die ersten Generationen, die sich an ihr Leben auf der Erde erinnern konnten, fort waren, begannen die Nachfahren diesen Deal in Frage zu stellen. Sie hatten keinerlei emotionale Bindung zur Erde. Für sie war das Sterben für eine Heimat, die sie nicht kannten, keine Option. Sie formierten einen Widerstand, der niedergestreckt wurde. Deal war Deal. Sollten sie im All bleiben, hätten ihre Vorfahren ihr Leben umsonst verloren, denn dort hätten sie nicht die Kapazität jeden einzelnen von ihnen zu klonen und wie geplant wiederzubeleben. Also wurde ein Gas freigesetzt, die Passagiere und Besatzungsmitglieder betäubt, ihre Erinnerung gelöscht und ihre Körper ins Atrium verfrachtet. Dort leben sie bis heute. Eine vernünftige Entscheidung. An der äußeren Hülle der Tesla klebte menschliches Gewebe - das lebte. Sie erinnerte sich an die schlagenden Herzen, die Henry dort gesehen hatte. Diese gewaltige, lebendige Wand aus Zwanzigern und infizierter Besatzung, deren Organe und Gewebe zusammengefügt wurden. „Wann kann ich es sehen?", sagte sie noch bevor sie ihr Gleichgewicht wiedergefunden hatte. „Was?", fragte Henry, der sich noch nicht getraut hatte, Ries Arm loszulassen. „Die Gewebehülle." „Du wirst hier gar nichts sehen ohne unsere Erlaubnis!", meckerte Marv. „Eins nach dem anderen, Liebes. Was macht dein Kopf?", ignorierte ihn Henry. „Es geht schon wieder." „Da bin ich beruhigt. Weißt du, ich habe da nicht so viel Übung drin." Henry ging weiter. „Zuerst stellen wir dich der Besatzung vor, dann sehen wir weiter." Damit gab sich Rie vorerst zufrieden. Sie folgte dem blassen Mann und der Harpyie, die, wie sie sich nun erinnerte, aus Metall, Draht, Schaltkreisen, Säure und künstlichem Gefieder bestand. Sie konnte das metallische Schaben der Gelenke dank ihrer Infektion sogar hören. Sie würde sich langsam aber sicher in das verwandeln, was Zel war oder Henry – oder der gesamte Rest der Besatzung. Die Bakterien würden ihren Bewegungsapparat blau färben und widerstandsfähig machen, Knochen, Sehnen, Muskeln. In der Iris konnte man es sehen, blaue Augen. Das Hirn und das verlängerte Rückenmark als Steuerzentrale war leistungsfähiger, Rezeptoren und Nerven empfindlicher und geschärft. Rie konnte fast hören, woraus die Harpyie bestand. Sie konnte sich erinnern, wie Henry und Zel zusammen an der Konstruktion der Kojoten und Harpyien gearbeitet hatten. Sie erinnerte sich an das Skelett aus Stahl, das CPU-Hirn und den mit Narkosemittel gefüllten Behälter im Bauch der Kojoten. Sie verstand nun alles und musste lachen – leise, mit einem breiten Grinsen im Gesicht, während sie Henry durch das Schiff folgte. Nichts von dem, was sie sah, überraschte sie. Sie kannte es schließlich schon. Jede Ecke, jede Biegung, selbst die Ringbahn, in der sie saßen – eine Art

Zug ohne Anfang oder Ende, der sich im Uhrzeigersinn drehte und von dem aus alle Abteilungen erreicht werden konnten - war für sie nichts Besonderes. Hin und wieder, wenn sie aus Henrys Erinnerungen fiel, schweifte ihr Blick auf Zel. Etwas fehlte noch, um das gesamte Puzzle zusammenzusetzen. Was war mit den Faltern? Dem Reh? Warum hatte Henry ihr dazu nichts gezeigt? Als sie fragen wollte, begann der Mann: „An der Nächsten müssen wir raus." Es ging zur Biodruckstation, um Zel zu reparieren. Diese Abteilung gefiel Rie genauso wenig wie die anderen Abteilungen zuvor. Sie war kahl, steril und künstlich hell. Es gab keinen Dreck, keine Kratzer, keinen Staub. Und nichts Grünes oder Lebendiges. Ihre neue Umgebung war so abstoßend wie die Vorgänge in ihr faszinierend waren. In der Mitte der Station stand ein sternförmiges Gerät, bestehend aus Kapseln und einer Säule, die bis zur Decke führte. „Warte hier, ich werde Rose nur kurz einlegen." Henry ging mit der Harpyie zu einer der Kapseln. Mit einem Knopfdruck öffnete sie sich. Die Harpyie legte Zel langsam in das Becken, gefüllt mit einer dickflüssigen Nährlösung, hergestellt aus schwerem Strom, der nichts anderes war, als der gleiche Strom, der durch das Atrium floss und - ebenso - aus den Exkrementen der Bakterien bestand. Der Strom in der Biodruckstation war für Lebewesen nicht mehr tödlich. Seine Bestandteile wurden dazu genutzt neues Gewebe zusammenzusetzen, ähnlich den ProtoTypes, die Rie zum Drucken von Mehl, Milch und Eiern verwendet hatte. Alles funktionierte nach einem Prinzip: Der schwere Strom beinhaltete Elementarteilchen, die unter Energieaufwand variabel kombiniert werden konnten, zum Beispiel zu Atomkernen, vollständigen Atomen und Molekülen. Auch die Infizierten waren dazu in der Lage, ganz ohne Geräte. Diese Bakterien machten das unfassbare möglich. Wenn Rie wollte, konnte sie bald Holz in Metall verwandeln, Glas in Licht, Wärme in Kälte und Töne ohne Körper erzeugen, so wie Marv. Und sie waren in der Lage Maschinen zu bauen, die diese Fähigkeit besaßen. Die ProtoTypes, die sie in die Neukonzeption und den Aufbau der Stadt im Atrium einbezogen hatten. So konnten sich die Städter - so konnte sich Rie - selbst versorgen, ohne Anbau, ohne Zucht, ohne auf Ressourcen angewiesen zu sein. Bald würde sie alles können, was die ProtoTypes konnten und noch mehr. Da lag Zel nun, hautlos, haarlos, und war ganz und gar von Nährlösung umgeben. Henry schloss die Kapsel. „So, jetzt müssen wir nur noch warten", sagte er und prüfte die Anzeige am unteren Ende der Kapsel: „Etwa fünf Stunden, dann ist sie wieder auf den Beinen." Er ging zum Ausgang: „Komm, wir sehen später nach ihr. Die anderen warten." Rie hätte zu gerne noch weiter zugesehen, wie sich die kleinsten

Teilchen in diesem Becken zu dem zusammenfügten, was Zel zu Zel machte. Doch im Grunde kannte sie den Vorgang bereits. Sie wusste, was passieren und wie Zel danach aussehen würde. Daher fiel es ihr nicht schwer stattdessen Henry zu folgen. Die Besprechung löste in Rie ohnehin eine größere Spannung aus. Schließlich sollte hier entschieden werden, wie es mit ihr weiter ging – und das war etwas, das ihr Henry nicht schon verraten konnte.

Die Maschine verschleppte sie geradewegs durch den Nebel. Zel stellte sich darauf ein, dass der Nebel nicht nur ihre Haut verätzen würde. Egal wie groß ihre Neugier gewesen war, es hatte sich nie die Gelegenheit ergeben den Nebel aus der Nähe zu betrachten, doch sie hatte genug über ihn gehört – genug um zu wissen, dass er einen auffressen konnte, wenn man mit ihm in Berührung kam. Doch so kam es nicht. Zusammen mit Heriettie und der Harpyie flog sie durch den Dunst hindurch. Es tat nicht weh. Sie spürte ihn nicht einmal, dafür aber etwas anderes. Ihre Haut kribbelte. Ein Energiefeld verursachte Gänsehaut bei ihr. Dieses Feld stellte eine Barriere dar zwischen ihnen und den ätzenden Teilchen. Zel war nicht diejenige, die dieses Feld erzeugte und da sie davon überzeugt war, dass es auch nicht Heriettes Verdienst war, so musste es das Monster selbst sein, dass diese Barriere geschaffen hatte. Am Ende des Nebels befand sich ein Steg aus Metall, eine Brücke, die sich quer durch das kurze Sichtfeld zog. Es war so, als wären sie mitten im Nichts gelandet. Und inmitten dieses Nichts stand ein blonder, dünner Mann mit Pantoffeln. „Rose! Liebes! Wo hast du nur gesteckt?", fragte der Mann, während die Maschine sie beide absetzte und sich wie ein Wellensittich auf das kalte Geländer setzte. „Wo sind wir hier?", fragte sie. „Wo wir sind? Wir sind im Atrium. Auf dem Gitter. Wie gefallen dir die Harpyien? Ich hab mir ganz besonders viel Mühe gegeben, deine Pläne so exakt wie möglich umzusetzen. Du warst ja leider nicht da, Liebes." Er trug ein warmes lächeln im Gesicht. „Welche Pläne?" Zel hatte keine Ahnung wer er war oder wovon er sprach. Sie konnte sich an nichts erinnern, zumindest noch nicht. „Hm? Deine Skizzen. Du hast dir ein neues Modell ausgedacht, weißt du nicht mehr? Sieh mal wie gut sie funktionieren. Nur das Gitter macht ein paar Schwierigkeiten. Es ist nicht gerade das Neueste. Hin und wieder bricht mal was ab. Marv meint, du hättest die Kojoten demoliert? Der ist ja sowas von sauer, Liebes!", erklärte er. „Ich weiß nicht...", begann Zel, doch sie wusste nicht, wie sie den Satz beenden sollte - vielleicht „... wer Sie sind", „... wer ich bin" oder „... wie so etwas Abscheuliches aus meiner Hand stammen kann!" Hatte er wirklich Recht, dass Zel diejenige war, die diese Metallmonster erfunden hatte? Geplant und gebaut? Konnte sie deswegen die Blaupausen sehen und verstehen? Das musste ein Lüge sein! Sie könnte niemals... oder doch? Was, wenn sie jemand war, den sie hasste? Den sie verachtete? Was, wenn sie selbst ihr Feind war? Der, den zu finden und zu überwinden ihr Ziel war? Der blonde Mann kam auf sie zu. Zel konnte seine Nähe nicht ertragen. Sie wich zurück. Was wenn er log? Wenn er sie auf seine Seite ziehen wollte? Wenn er in Wahrheit der

Drahtzieher war? „Was hast du denn?", fragte er. Nein, sie kannte ihn. Er war in Ordnung. Doch sie wusste nicht, ob sie es auch war. Ihre Gedanken rasten, sie wusste nicht, welchem sie zuerst nachgehen sollte. Er ging auf sie zu, doch Zel war diese Begegnung unerträglich geworden. Sie musste verschwinden. Sie musste weg von dort. Sie lief davon, ohne zu wissen wohin. Doch das spielte in diesem Moment keine Rolle für sie. Sie musste einen klaren Kopf bekommen und dazu brauchte sie Ruhe. Abgeschiedenheit. Einsamkeit. Plötzlich wackelte das Gitter unter ihren Füßen. Es gab knackend und quietschend nach, löste sich vom Rest der Brücke und fiel hinunter ins Atrium, mit ihm sie selbst. Sie konnte sich gerade noch am Geländer festhalten, doch das bewahrte sie nicht vor ihrem Fall, denn auch das war derart verrostet, dass es sich unter dem Druck ihres Gewichtes löste und mit ihr in die Tiefe bröckelte. Zuvor hatte sie den Nebel nicht gespürt, doch jetzt, auf ihrem Rückweg, brannte ihre Haut als würden sich Flammen in sie hineinfressen. Das Brennen war unerträglich, so wie der Gestank ihrer aufplatzenden, blutenden Haut. Sie war sich nicht sicher, was sie zuerst töten würde, die zersetzende Wirkung des Nebels oder der unweigerlich bevorstehende Aufprall im Ödland. Sie war sich ebenfalls nicht sicher, ob sie etwas dagegen hatte. Es war zwar nicht das Ende, das sie sich erhofft hatte, doch es war

116

zumindest ein Ende. Ihr Ende des Wahnsinns, den sie nicht verstand und vielleicht nie verstehen würde. Selbst wenn, wollte sie das überhaupt?

Im Besprechungsraum stand ein großer, länglicher Tisch. Wie alles andere weiß, wie die Möbel, die Wände, der Boden. Die einzigen Flecken Farbe in diesem kahlen Raum waren braune Rückstände von Kaffeetassen, die sich in kleinen Halbmonden über die gesamte spiegelglatte Tischoberfläche verteilten. Noch war niemand da, außer Henry und ihr. „Such dir einen Platz aus. Wir haben hier keine Sitzordnung." Während Henry vor sich hinredete, lief er am Tisch vorbei in die Teeküche: „Wer zuerst kommt, mahlt zuerst. Nur ein kleiner Tipp: Setzt du dich an eine Ecke, fühlst du dich gleich weniger angestarrt." Rie setzte sich. Bis auf die Kaffeeflecken gab es keine Abdrücke, Kratzer oder sonst irgendwelche Gebrauchsspuren auf dem Möbelstück. Dieser ganze Ort jenseits des Nebels war wie geleckt. Henry kam mit einer Tasse schwarzen Kaffees zu ihr: „Hier, du wirkst auf mich wie jemand, der keinen Schnickschnack mag." Er lächelte und setzte sich neben sie, mit seiner eigenen Tasse frisch aufgefüllt und dampfend. Rie hatte nichts gegen Kaffee. Im Gegenteil, wenn die Backaufträge nur so hereinflatterten, war Kaffee ihr bester Freund. Sie trank ihn auch am liebsten stark und schwarz. Je weniger Schnickschnack, desto besser. Solange er nur ein einziges, winziges Kriterium erfüllte und das tat dieser hier leider nicht, aber wie hätte Henry das auch ahnen sollen. Plötzlich ging die Tür auf und ein Mann mit schwarzen

Haaren, blasser Haut und blauen Augen, kam herein. Rie musste sich an diesen Anblick gewöhnen. Diese Was-Auch-Immer konnten mit Hilfe der Bakterien zwar ihre Haarfarbe ändern oder ihre Haut – sogar ihre Statur bis zu einem gewissen Grad – doch ihre Augenfarbe blieb immer gleich: das nervigste Blau, das Rie kannte – oder wie sie es nannte – *Ätzblau*. Der Mann setzte sich auf den Platz neben Henry. Er sagte kein Wort und rührte nur mit seinem Löffel wild durch seinen Kaffee. Den anderen Arm hielt er verschränkt vor der Brust. Das war Marv, der Bruder von Zel. Rie stieg ein süßer Duft in die Nase. Er kam aus dem kleinen Nebenraum. Neben Kaffeebohnen, Zucker, Milch, Sahne und die verschiedensten Sorten von Sirup fand ihre Nase genau das, was sie brauchte. Da Rie scheinbar momentan nicht gebraucht wurde – weder für ein Gespräch noch für Hasstiraden – stand sie auf und folgte der süßen Spur. Hinter einer Schranktür versteckte sich ein mit roten Lakritzstangen gefülltes Einmachglas. Als sich Rie eine davon geschnappt hatte und wieder zurück zu ihrem Platz ging, musste sie feststellen, dass sich der Besprechungsraum mit einer Schar aus Was-Auch-Immer gefüllt hatte. Jeder zweite Platz war besetzt. Einige fragten Henry, wo denn die Frau aus dem Atrium sei. Als die Besatzung zu ihr in den kleinen Nebenraum schauten, tat sie so, als würde sie sie gar nicht bemerken.

Sie hasste es angestarrt zu werden. Besonders von einem Meer aus diesen dummen blauen Augen. Zwei davon hatten ihr schon gereicht. Und sie hasste sie. Sie hatte das Gefühl, dass dort in diesem Saal ein Haufen Zels auf sie wartete. Aus purer Entnervung rollten sich ihr beinahe die Zehennägel hoch. Also los. Sie ging hinaus, setzte sich unter Beobachtung wieder auf ihren Platz neben Henry, ließ die Lakritzstange in ihren Kaffee fallen und wartete darauf, dass die erste blöde Frage gestellt werden würde. Doch sie blieb aus. Während die einen sie ansahen, als hätte das innere ihrer Köpfe noch nie etwas anderes erlebt als lauwarme Luft, tippten die anderen auf ihren Tablets herum oder tuschelten durcheinander. „Du bist also auch so bescheuert wie meine Schwester", knurrte Marv sie über Henry hinweg an und sah auf ihre Tasse. „Scheußlich. Weiß sie, dass du ihren Privatvorrat geplündert hast?" Er sah Rie nicht an. Das war Zels Lakritze? Wenn sie das gewusst hätte, hätte sie gleich das ganze Glas genommen oder es nicht einmal mit Handschuhen angefasst - beides plausible Varianten. „Ich denke wir sind jetzt vollzählig", begann Henry. „Ihr wisst alle, worum es geht. Wir haben unsere Rose endlich gefunden. Sie war im Atrium." „Warum war sie da? Das ist doch Tabu!", rief eine der Blassnasen. „Wir wissen es noch nicht mit Sicherheit, doch es könnte sein, dass sie einfach gefallen ist. Das ist vorhin schon wieder passiert. Sie hat starke Verletzungen und befindet sich nun in der Biodruckstation. In ein paar Stunden kann sie uns mehr sagen." „Und was machen wir mit der?", fragte Marv und zeigte mit dem Daumen auf Rie, wieder ohne sie auch nur einmal anzusehen. „Wir können sie nicht einfach zurückschicken. Wenn Rose ihr nicht schon zu viel erzählt hat, dann hat Henry das vorhin übernommen und alles versaut." Er drehte sich zu Henry um, mit einem Arm auf der Stuhllehne: „Wie kommst du darauf sie hier wie eine Touristin herumzuführen?" Er drehte sich wieder zum Plenum: „Noch dazu hat er mit ihrem Hirn herumgespielt! Sie weiß jetzt alles!" „Das ist wahr", warf eines der Besatzungsmitglieder ein. „Wir können sie jetzt nicht mehr einfach so zurück ins Atrium lassen. Es sei denn wir löschen ihn..." „Sie ist schon infiziert", fiel ihm Henry ins Wort. „Sie hat Rose freigelegten Arm berührt. Sie kann nicht mehr zurück. Und es wäre dumm von uns, diese Option überhaupt in Erwägung zu ziehen. Wir könnten die Unterstützung gut gebrauchen. Dann kommen wir schneller voran." „Schneller voran? Sowas kann ja nur von dir kommen, Henry! Was soll die denn schon großartig hier übernehmen? Die hat doch keine Ahnung!" „Sie könnte lernen, so wie wir alle", knisterte und zischte es aus der transparenten Stromleitung an der Decke, die wie ein Netz aus Blutgefäßen durch die gesamte

Tesla verlegt war: „Sie ist infiziert, das lässt sich nicht mehr rückgängig machen. Als Stadtbewohner kommt sie aus vielerlei Gründen also nicht mehr in Frage." Es war der Kapitän. Er war der erste gewesen, der seinen Körper dem Schiff vermacht hatte. Sein Bewusstsein wurde allerdings nicht zu den anderen im digitalen Speicher abgelegt und archiviert, sondern in einen gallertartigen Körper aus Strom und einem Hauch Elektronik transferiert, die seine Gedanken zusammenhielt und ihn daran hinderte, unkontrolliert durch das unendliche Labyrinth der Leitungen zu irren. „Rie, das ist...", begann Henry. „Der Kapitän, ich weiß", unterbrach ihn Rie. „Ach ja, stimmt. Hatte ich ja ganz vergessen." Henry nippte an seinem Kaffee. „Wärst du bereit dich bei uns nützlich zu machen? Da fällt mir ein, wie ist eigentlich dein Name?", fragte der blaue Popel an der Decke. „Stimmt", lachte Henry. „Wie heißt du eigentlich?" „Heriettie. Heriettie Lawrence. Ich bin... war Bäckerin", antwortete Rie. „Hä-ri-ä-ti", machte Marv sie nach. „Kann backen, wie aufregend." Er klang wieder ernster: „Wie soll eine Teigprüglerin uns helfen?" „Gib endlich Ruhe, Marv!", maulte Henry. Am liebsten hätte Rie ihre Tasse Kaffee in Marvs Gesicht entleert. Doch leider war ihr Inhalt nicht mehr heiß genug, um ihn in ausreichendem Maße zu verbrennen. „Benimm dich, Söhnchen!", maßregelte der Popel. „Macht doch, was ihr wollt. Ich bin raus." Marv rückte seinen Stuhl zurück und stand auf. Ohne ein weiteres Wort und den Händen in den Hosentaschen verließ er die Sitzung. „Keine Sorge. Er ist einfach ein Muffelkopf. Das liegt in seinen Genen", flüsterte Henry Rie zu. Zumindest sagte Marv, was er dachte. Ganz anders als Zel. Die dachte überhaupt nicht.

Henrys Appartement war ordentlich wie immer. Auf der Tesla verbrachte man die meiste Zeit sowieso außerhalb der eigenen vier Wände, es war kaum möglich Chaos zu hinterlassen. Ein paar Bilder von Henrys Freundin standen auf den Möbeln. Sie war neben dem Kapitän eine der ersten Freiwilligen gewesen. Ihr Verstand war abgespeichert und wartete darauf, in einen neuen Körper gepflanzt zu werden. Rie mochte Henry, also ließ sie ihn erzählen, was sie eigentlich schon wusste. Von seinem Leben auf der Erde, von seiner Familie, seiner Freundin und seinen Zukunftsplänen. Er hatte wohl nicht gewusst, dass er ihr auch einen Großteil dieser Erinnerungen übertragen hatte. Rie wusste Dinge aus seinem Leben, die ihn rot anlaufen lassen würden, würde er das herausfinden. Besonders Dinge zwischen ihm und seiner Freundin. Rie musste grinsen, doch es fiel ihm nicht auf. Henry war ein guter Kerl. Der einzige, dem Rie nicht ins Gesicht schlagen wollte, sobald er den Mund aufmachte. Er überließ ihr sein Bett. Bis Ries Wohnung bezugsbereit sein würde, kam sie bei ihm unter, während er auf seinem Sofa schlief. Sie durfte bleiben und die Besatzung bei ihrem Vorhaben unterstützen – aber nur unter ständiger Beobachtung. Schließlich sollte sie keine Dummheiten machen, wie zum Beispiel zurück ins Atrium gehen und dort einen Aufstand anzetteln oder so ähnlich, mit all den

124

Informationen, die sie nun hatte. Wie kamen diese Leute nur darauf? Was hatte sie denn schon mit den Leuten da unten zu schaffen? Diese Stadt hatte sich nie wie eine Heimat angefühlt. Sie fühlte sich zu Hause wenn sie backte, wenn sie die Anatomie von Lebewesen erforschte, wenn sie ganz für sich war. Was kümmerten sie die anderen? Sie hatte mit der ganzen Sache nichts zu tun, mit diesem Deal. Trotzdem, sie durfte nicht alleine durch das Schiff spazieren. Daher gab sie sich nachts, als Henry tief und fest auf dem ungemütlichen Sitzpolster schnarchte, besonders große Mühe die Wohnungstür so leise wie möglich hinter sich zu schließen, als sie mit voller Absicht gegen die Auflage verstieß. Ihr Weg führte sie geradewegs zur nächsten Sezierstation. Dank Henry hatte Rie fast so eine Art Navigationssystem im Kopf. Sie kannte jeden Gang, jede Ecke, jede Tür. Sie wusste nun genau, wo es lang ging. Sie hoffte nur, dass Marv sie nicht beobachtete. Auch die Was-Auch-Immer mussten einmal schlafen. Die nächste Station war nicht so weit entfernt. Rie musste nicht einmal die Ringbahn benutzen. Als sie die Tür zum äußeren Ring des Schiffs öffnete, kam ihr eine Luft entgegen, die so roch wie Blut schmeckte. Der äußere Ring war nichts weiter als ein Panoramagang - eine Terrasse - die sich wie ein Gürtel um das gesamte Schiff zog. Die letzte Hülle, die die Passagiere vom luftleeren Raum trennte, war eine mehrere Meter dicke Schicht aus Titanglas, von dem man nun nichts mehr erkennen konnte. Jeder Zentimeter des transparenten Materials war überdeckt von pulsierender, organischer Materie, deren Schicht so dick war, dass sie Teile des gegenüberliegenden Geländers verschluckte. Ries Finger waren nur noch wenige Zentimeter von einem schlagenden Herzen entfernt, als ihr jemand zurief: „Hey Rie! Hier drüben!"

Sie hatte nicht damit gerechnet, dass noch jemand hier arbeitete. Es war eine Stunde vor Mitternacht, eine Stunde bevor die Harpyien wieder auf Beuteflug gehen und für Frischfleisch sorgen würden. Die Stimme kam von einer blassen Frau mit langem, schwarzen Haar. Rie konnte sich nicht daran erinnern sie bei der Besprechung gesehen zu haben. „Ich bin Law. Leider hat mich etwas daran gehindert an der Besprechung teilzunehmen. Ich hätte mich gerne früher vorgestellt. Ich habe schon viel von dir gehört!" Sie reichte Rie die Hand - ihre blutverschmierte Hand. „Wie unhöflich von mir! Verzeihung!", lachte die Frau und nahm ein verschmutztes Handtuch hervor, mit dem sie ihre Hände grob säuberte. „Ich bin zu euphorisch. Ich bin einfach nur zu sehr darauf gespannt mit dir zu arbeiten!" Wenn sie meinte. Rie konnte sich nicht vorstellen, was so besonders an ihr sein sollte, um sich darauf zu freuen. „Weißt du, du bist schon was besonderes hier. Du bist die einzige aus dem Atrium, die hinter das Geheimnis gekommen und jetzt auf unserer Seite ist. Das ist so wahnsinnig aufregend!" Ja, genau. Sicher. Wenn diese Law jetzt erwartete, Rie würde das Gleiche behaupten, konnte sie warten bis sie noch schwärzer würde. Das einzige, das Rie interessierte, war... „Ich weiß, ich weiß, du willst es sehen. Dafür bist du ja hier. Komm mit!", grinste Law in Dauerschleife. Rie hasste sie schon jetzt. Sie wusste nicht wer schlimmer war, Zel oder Law. So langsam begann Rie sich zu fragen, ob diese Bakterien nicht Matsch in der Birne machten. Sie hoffte, dass sie nicht so dümmlich endete, wie diese beiden. „Du hast keine Freunde. Das liegt an deinem Charakter." Was sollte das denn jetzt? „Hat mir Rose erzählt", fügte Law hastig hinzu. Irgendetwas stimmte nicht mit dieser Frau. Ob sie vielleicht... „So, da wären wir." Eine komplette, mobile Einrichtung eines Operationssaales stand mitten auf der Terrasse und in dessen Zentrum lag ein 19er auf dem Tisch, in nicht einmal einer Stunde ein 20er.

„Du hast Glück! Ich wollte gerade anfangen!", kicherte Law und stellte sich neben den noch atmenden Körper. „Das Gewebe, das wir brauchen, also Knochen, Sehnen, Muskeln, müssen lebend verpflanzt werden. Aber keine Sorge, sie sind betäubt, sie kriegen nichts mit. Wir haben sie gefragt," lachte Law. „Bei unseren ersten Probeläufen haben wir die abgespeicherten Persönlichkeiten danach befragt. Alles in

Ordnung." Law nahm ein kleines Glasfläschchen aus einer der Schubladen, öffnete es und leerte es über dem Gesicht des 19ers. Eine handvoll kleiner Krabbeltiere fiel heraus. Sie rannten zuerst unkoordiniert über seine Wangen und Stirn, fanden dann jedoch ihren Weg zu seiner Nase, durch die sie in das Innere seines Schädels gelangten. „Diese kleinen Scanner laufen jetzt durch seinen Schädel und erstellen so etwas wie eine Landkarte von seinem Hirn. Das dauert einen Moment. In der Zwischenzeit nehmen wir den Guten auseinander. Ich nehme an, du willst mir helfen?" Und wie! Da fragte sie noch? „Dann komm mal her," lachte sie wieder. „Wir fangen mit den Beinen an. Die erste Regel bei der Transplantation ist Rot-Weiß-Rot, das bedeutet, dass zuerst eine Schicht aus Muskeln und Sehnen an das Glas angebracht und mit dem übrigen Gewebe verbunden wird. Danach kommt eine Schicht aus Knochen. Abgedeckt und abgedichtet wird alles wieder mit rotem Gewebe." Wie bei einer Lasagne. Law lachte plötzlich laut los und drückte Rie ein Skalpell in die Hand. Hatte Rie das etwa laut gesagt? Sie musste zuerst die Haut entfernen, dann den Muskel lokalisieren und vorsichtig vom Knochen lösen. Kein Problem. „Wunderbar, Rie! Ich habe doch gewusst, dass du das drauf hast!" Rie dachte darüber nach, ob sie das Skalpell nicht doch lieber in einen anderen Körper rammen sollte - einem Körper, der einfach nicht die

Klappe halten wollte. Sie fragte sich, ob es nicht möglich war ihr das dümmliche Lachen herauszuoperieren. „Du bist witzig!", lachte Law wieder. Und nun war es Rie klar: Diese Nervensäge konnte tatsächlich Gedanken lesen! „Weißt du was? Ich wünschte, ich könnte deine Gedanken lesen. Dann könnte ich dir deinen Aufenthalt etwas angenehmer, etwas... besser gestalten." Kein Grund zur Vertuschung, du wurdest durchschaut. Als Strafe für diese Dreistigkeit verurteilte Rie sie zum Anblick ihrer überaus lebendigen Vorstellung davon, wie sie statt des 19ers eine gewisse Was-Auch-Immer auseinandernahm – und es würde ihr mehr Spaß bereiten als gesund war. Rein aus Prinzip.

Da war ein Summen, ein sanfter Weckruf eines leisen Gerätes. Rose erwachte in einer Kapsel der Biodruckstation. Sie erinnerte sich daran, dass sie von der Galerie gefallen war. Zwei Mal. Nur, dass sie beim zweiten Mal nicht mehr gewusst hatte, wie sie ein Kraftfeld zu ihrem Schutz erzeugen konnte. Denn beim zweiten Mal war sie Zel. Sie erinnerte sich an Zel. Sie erinnerte sich an das Ödland, den Turm und an Heriettie und sie erinnerte sich an Vin. Die Erinnerung an ihn war unweigerlich von diesem albtraumhaften, furchtbaren Lärm und Geschrei begleitet und diesem toten Tiergesicht im Schatten der Bäckerei. Sie kletterte aus der Kapsel, schnappte sich einen der Mäntel von der Garderobe und lief durch die Gänge in Richtung Werkstatt. Es war ihr egal, dass sie fast nackt war. Es war ihr egal, dass sie nicht nur an ihren Füßen fror, während sie barfuß durch die Anlage stapfte. Es war ihr egal, dass ihr Magen so sehr nach Nahrung verlangte, dass er sich fast selbst verdaute und ihr zeitgleich derart übel war, dass sie sich noch im Laufen hätte übergeben können. Es spielte alles keine Rolle mehr. Sie war zwei Personen auf einmal: Rose und Zel. Sie hatte die Wahl zwischen beiden. Der ein oder andere hätte sich vielleicht über dieses Geschenk gefreut, doch sie hätte es jederzeit dagegen eingetauscht eine von ihnen sein zu können ohne sich an die andere erinnern zu können. Wer war ihr dabei völlig gleich. Sie war keine von ihnen. Nicht die verängstigte, unwissende, unsichere, leidende und ausgelieferte Zel. Nicht die ehrgeizige, talentierte, kreative, rationale und bestimmende Rose. Keine von beiden passte zu ihr, sie fühlte sich bei keiner von ihnen zu Hause – zwei paar Schuhe, die ihr beide nicht passten, die drückten, scheuerten und schmerzten. Die Werkstatt war ein einziges Chaos. Das passierte, wenn sie Henry über Wochen hinweg mit allen Geräten, Werkzeugen und Materialien alleine ließ. Darum hatte sie auch nie Urlaub gemacht. Sie mochte Henry, sie mochte ihn sehr. Sie hätten unterschiedlicher nicht sein können, doch dadurch ergänzten sie sich sehr gut. Anfangs hatte sie seine entspannte, herzliche Art nicht leiden können, doch sie hatte ihn während ihrer gemeinsamen Zeit als Bastelkollegen liebgewonnen. Bastelkollegen? Sie konnte nicht fassen, dass sie die Planung und Konstruktion dieser widerlichen Maschinen immer noch als Bastelei bezeichnete. Eine furchtbare Angewohnheit, die ihr ihren furchtbaren Charakter von damals vor Augen hielt. Auf ihrem Arbeitsplatz lagen ihre Blaupausen. Alle Pläne, die sie vollendet hatte, von den Kojoten, den Harpyien, den Waranen, den Orcas und sogar ihre unvollendeten Spielereien lagen – mal mehr mal weniger mit Marmelade und Kaffee versaut – auf ihrer Arbeitsplatte. Obenauf fand sie ihre Harpyien, die Henry nach der Zerstörung der Kojoten gedruckt und im

Atrium eingesetzt hatte. Henry hat seine Arbeit gut gemacht. Nicht einmal sie selbst hätte es besser machen können. Sie schämte sich für ihre Gedanken. Sie schämte sich für alles, für ihr gesamtes früheres Leben. Sie weiß... sie war bei der Unterzeichnung des Vertrages vor so vielen Jahren persönlich dabei gewesen. Es war alles abgemacht, abgesegnet, abgeklärt und abgenickt – von beiden Seiten. Dennoch fühlte es sich jetzt so falsch an. Es war auch falsch dieses Leid zu erschaffen, bei all diesen Menschen, die nicht mehr gefragt worden sind. Selbst wenn sie ihr Versprechen brechen müssten und niemandem ein zweites Leben garantieren könnten, so musste es einen anderen Weg geben. Die Bakterien waren ihr Fluch aber auch ihr Segen, denn auch wenn sie ihnen ihren Rückweg unmöglich machten, so machten sie ihnen das Überleben auf der Tesla möglich – nicht nur das Überleben. Sie war davon überzeugt, dass sie alle mit Hilfe des schweren Stroms, den die Bakterien erzeugten, herstellen konnten, was sie für ein glückliches, freies Leben brauchten. So sehr sie die Erde auch vermisste, mit all dem selbstverständlichen Blödsinn, den man erst zu schätzen wusste, wenn er weg war, sie konnte die Vorgänge auf der Tesla einfach nicht mehr ertragen. Woher sollten sie überhaupt wissen, dass die Erde, dass das Sonnensystem noch existierte? Zumindest so, dass sie dort auch noch leben konnten und zwar besser als hier. Bei all den Entwicklungen politischer, klimatischer und materieller Natur, konnte es gut sein, dass sie mittlerweile sogar die letzten noch lebenden Exemplare ihrer Art waren. Und um sich dessen klar zu werden brauchte es einen Stoß in die richtige Richtung, einen... Schubs? „Willkommen zurück, Rose! Ich freue mich so sehr, dich zu sehen!" Am Werkstatteingang überraschte sie ein unbekanntes Gesicht, eine junge Frau etwa in ihrem Alter mit langem, dunklen Haar. „Wie geht es dir?" Sie hatte nicht damit gerechnet um diese Zeit jemandem zu begegnen. Es war kurz vor Mitternacht. „Ich konnte nicht schlafen und da dachte ich, ich mache mich vielleicht ein bisschen nützlich." „Wer sind sie?", fragte Rose. Sie konnte sich nicht daran erinnern, dass diese Frau Mitglied der Besatzung war. „Wie?" Die Fremde lächelte. „Machst du Witze? Ich bin Law, vom Schiffsmanagement."

Law?

Nein, das passt schon.

Irgendwie.

Ist doch nur ein kleines Zeitding.

„Man hat mich von den Reparaturen abgezogen und als deine Vertretung eingesetzt. Um Henry hier zu unterstützen. Du hast uns gefehlt!" Rose sagte das überhaupt nichts. Ihr Lächeln war ihr irgendwie unheimlich. „Vielleicht liegt es an deiner Amnesie?" Möglich. Aber unwahrscheinlich. „Erzähl mir vom Garten. Wie war es dort?" Rose starrte sie an. Sie wusste nicht, was sie dieser Law antworten sollte. Sie war sich nicht einmal sicher, ob sie das wollte. „Ich verstehe", sagte Law. Sie stützte sich mit einem Arm auf Roses Arbeitsplatte ab. „Es war sicher nicht einfach für dich dort unten. Was du dort erlebt hast... es tut mir sehr leid für dich." Rose sah sich ihre technisch präzisen Zeichnungen an. Ihre Vergangenheit erschien ihr mit einem Mal so unwirklich. „Weißt du was? Vielleicht hat das alles ja auch sein Gutes. Vielleicht..." „Law, hättet du etwas dagegen uns etwas Kaffee zu holen?", unterbrach sie Rose. „Ich bin gerade erst aus der Kapsel gekommen und..." „Du brauchst etwas, um wieder in die Gänge zu kommen." Law stieß sich mit Schwung vom Arbeitsplatz weg und grinste dabei breit. „Kommt sofort! Und wenn ich wieder da bin unterhalten wir uns weiter." Beschwingt hüpfte Law die Stufen hinauf und zur Tür hinaus. Rose fiel gerade auf, dass sie die erste – die einzige – Person war, die sie seit einer langen Zeit aufrichtig fröhlich erlebt hatte. Laws Fröhlichkeit machte Rose auf seltsame Weise traurig. Rose griff nach ihrem Tablet, das noch immer genau dort lag, wo sie es zuletzt hatte liegen lassen. Es war ein wenig verstaubt. Als sie es berührte, um die dünne Schicht aus Flusen, Hautschuppen und Spänen unterschiedlicher Materialien, startete es automatisch. Sie konnte sich an alles erinnern, so unwirklich es sich auch anfühlte. Doch einige Dinge verstand sie noch immer nicht. Sie begann im System der Tesla zu recherchieren, nach irgendetwas, das im Zusammenhang mit dem Hirsch oder den Schmetterlingen stehen könnte - oder mit der Stimme, die Vin gehört hatte, doch das einzige, das sie finden konnte, waren Druckvorlagen für Hirsche und Schmetterlinge. Das beunruhigte sie, denn das bedeutete, dass diese ungewöhnlichen Vorkommnisse nichts mit der Tesla zu tun hatten - zumindest gab es keine Hinweise auf irgendeine Verbindung – und das bedeutete wiederum, dass die Wahrscheinlichkeit stieg, es könnte alles nur Produkt ihrer Fantasie sein - oder schlimmer noch, ihres Wahnsinns. Einschließlich dieser Frau namens Law, denn auch sie tauchte nirgendwo im System auf, was als ordentliches Besatzungsmitglied ein Ding der Unmöglichkeit war. War Rose tatsächlich verrückt? „So, da bin ich wieder!", rief Law mit zwei Tassen in der Hand die Treppe herunterhüpfend. „Was schaust du dir da an?" „Ich kann mich leider nicht an sie erinnern." Rose hielt es für das Beste Ruhe zu bewahren. Bevor sie einen unwiderlegbaren Beweis dafür hatte, dass ihr Verstand sich von ihr verabschiedete und sie in Wahrheit

Selbstgespräche führte, würde sie höflich bleiben. Für alle Fälle. „Darum habe ich sie gesucht, im System. Ich habe aber nichts gefunden." „So was Blödes", meckerte Law und stellte die beiden Tassen mit Kaffee und Lakritze ab. „Das passiert immer wieder. Keine Ahnung, warum." Sie nahm Roses Tablet und tippte ihren Namen ein. „Die Tesla scheint mich nicht zu mögen", grinste sie. „Hier, bitte sehr." Sie reichte Rose das Tablet. Tatsächlich. Plötzlich erschienen alle gewöhnlich Angaben über sie. Und auch die Information, dass sie neuerdings in der Werkstatt arbeitete. Das System hatte noch nie solche Störungen aufgewiesen. „Die Leute von der IT müssen sich das mal ansehen. Ich habe denen schon so oft Bescheid gegeben." Law rollte mit den Augen. Sie nahm sich einen Hocker und setzte sich zu Rose: „Weißt du, ich muss gestehen, ich habe dich immer um dein Talent beneidet. Deine Konstruktionen sind genial. Es ist nur... schade wofür sie benutzt werden." Rose sah zu, wie die Lakritzstange immer weicher wurde und tiefer im heißen Getränk versank, wie eine Nudel in kochendem Wasser. Sie war mit ihren Bedenken wohl nicht alleine. Es tröstete sie ein wenig, auch wenn sie noch nicht ausschließen konnte, dass Law nur ein imaginäres Produkt ihrer Verzweiflung war. „Ich verrate dir ein Geheimnis: Ich hatte von Anfang an kein gutes Gefühl mit diesem Deal. Es scheint zwar richtig zu sein, doch... ist es das? Es kommt mir immer mehr vor wie... Wahnsinn, findest du nicht?" Wahnsinn? „Sollte man diesen Wahnsinn nicht... stoppen? Was meinst du?" Law legte eine Hand auf Roses Rücken. Mit einem Mal jagte ein unangenehmer Schock durch ihren Körper, ihr Herz raste und sie hatte Gänsehaut überall. Sie sprang auf: „So ein Mist! Ich habe etwas vergessen! Ich muss los!" Einen höflicheren Schockzustand brachte sie nicht zustande, doch das musste reichen. Sie musste weg. Sie setzte sich in die Ringbahn. Sie wusste nicht wohin mit sich. In die Wohnung, die einmal ihr gehört hatte, konnte sie jedenfalls nicht - sie kam ihr fremd vor. Alles darin gehörte ihr nicht, weder die Möbel noch die Kleidung oder die wenigen Bilder, die Rose damals aufgestellt hatte. Sie war sehr ordentlich, ein pflichtbewusst geführter Haushalt von einer Frau, die nicht in der Lage war ihren Kopf aufzuräumen. Es war ihr unbegreiflich, wie sie gleichzeitig in diesem Vorzeigeapartment leben und in der Werkstatt diese widerwärtigen Dinger herstellen konnte. Das konnte nur jemand tun, der an einer Art psychischer Störung litt, Schizophrenie, ein Soziopath. Sie konnte einfach nicht begreifen, wie man derart davon überzeugt sein konnte das Richtige zu tun, wenn es ihr so widerlich falsch erschien. Die Fahrt in der Ringbahn hatte sie anfangs sehr genossen, als einem der Nebel noch nicht die wundervolle Aussicht auf das

Atrium versperrte. Die Tesla hatte ein so großes Potential. Alle Erkenntnisse sollten dem Fortschritt dienen, der Zukunft der Menschheit jenseits der Erde. Doch geblieben ist von ihr ein schlechter Witz. Mit schwarzem Humor hatte sie noch nie etwas anfangen können. Wieso also konnte sie das nicht sehen? Wie konnte sie nur zu diesem Menschen werden? Waren es die Bakterien? Gehirnwäsche? Abstumpfung durch Gewohnheit? Wurden die Menschen, wenn sie älter werden als von der Natur geplant, irgendwann unzurechnungsfähig? *Unmenschlich*? Sie wollte nicht länger darüber nachdenken. Es kam ihr vor, als wäre sie aus einem langen Albtraum erwacht und könnte zum ersten Mal wieder klar sehen. So sehr es auch schmerzte, sie wusste, dass sie nichts mehr daran ändern konnte, was passiert war. Und sie wusste genauso, dass sie versuchen musste, einen kühlen Kopf zu bewahren. Sie war aufgewacht, das war der erste Schritt. Nun musste sie überlegen, wie es weiter ging. Und mit *wem* es weiterging. Traurigerweise fiel ihr da nur einer ein: Henry. Von all den Geisteskranken auf diesem Schiff war er der einzige, dem sie ihre Gedanken anvertrauen konnte, der sie Ernst nehmen würde und der versuchen würde ihr zu helfen. Ihr Bruder, ihr Vater... sie waren so sehr von ihrer eigenen Sichtweise überzeugt, dass ihre Ohren für alles andere taub waren. Das hatten sie bei der letzten Revolution unter Beweis gestellt. Es war mitten in der Nacht, doch es konnte nicht warten. Henry würde dafür Verständnis haben. Das musste er einfach.

Rie schlich sich zurück zu Henrys Wohnung, huschte am Sofa vorbei, schlüpfte ins Badezimmer und ließ die Tür vorsichtig ins Schloss fallen. Sie musste sich dringend duschen. Sie hatte es an den Händen, den Armen, an der Kleidung und sogar in den Haaren. Sie hatte sich wie ein Kind gefühlt, das im Sandkasten gespielt hatte, nur mit dem Unterschied, dass sie nicht über und über mit feinem Sand, sondern mit eingetrocknetem Blut besudelt war. Sie dachte sogar kurz darüber nach sich mitsamt ihrer Kleidung unter die Dusche zu stellen. Geschadet hätte es ihr jedenfalls nicht. Als sie den roten Schleier von ihrem Körper gewaschen hatte und in den Spiegel sah, fiel ihr etwas auf. Ihr Haar war ganz fahl, fast so als würde sich feiner Mehlstaub darin festkrallen. Ihre Augen schimmerten blau - die Bakterien zeigten sich. Bald würde Rie so aussehen, wie all die anderen Weißkittel auf der Tesla. Doch es machte ihr nichts aus. Ihr war es egal, wie sie aussehen würde. Solange sie weiter im Sandkasten spielen durfte. Nicht nur ihr Äußeres wandelte sich. Ihre Sinne wurden stärker und irgendwie... anders. Nicht nur, dass sie Henrys Blutkreislauf bis ins Badezimmer arbeiten hören konnte, sie konnte auch die Mikroorganismen im Waschbecken herumschwimmen sehen. Mit der Zeit würde sie sogar ihre Struktur aus Energie erkennen können - und transformieren. Sie war zu Hause. Endlich. Gerade als Rie sich Henrys

Bademantel umgeworfen hatte und zurück ins Schlafzimmer hüpfen wollte, hörte sie Zel im Flur. Sofort schlug sie wieder die Badezimmertür Tür zu und drehte den Schlüssel um. Zel durfte sie nicht finden. Vorsichtshalber machte sie das Licht aus. Niemand war im Bad. Keine Seele. Und schon gar nicht Rie. Henry öffnete Zel langsam schlurfend die Wohnungstür. Die Irre war wieder vollkommen durcheinander. Sie heulte ihm etwas vor von wegen *es sei nicht richtig. Sie müssten etwas unternehmen. Etwas unternehmen gegen den Wahnsinn, gegen den Deal*, gegen Ries neues Zuhause! Dann verließ Henry mit ihr seine Wohnung. Zaghaft trat Rie aus ihrem Versteck hervor und ging ins Schlafzimmer. Endlich wieder alleine. Zel und ihr dummes, kleines Hirn. Sie war doch verrückt! Nicht bei Verstand! Manchmal wünschte sich Rie, sie könnte Zels blöden Kopf packen und ihr Hirn neu justieren. Was auch immer sie vorhatte, Rie musste Zel im Auge behalten, um etwas zu unternehmen, falls *sie* etwas unternehmen wollte. Ihr erster Gedanke war ihnen zu folgen, doch zum ersten Mal seit keine Ahnung wann fühlte sie sich schläfrig. Sie hatte ihr Zuhause gefunden. Sobald sie sich ins Bett gelegt hatte, überkam sie eine angenehme Mischung aus Trägheit und Entspannung. Ihr Körper wurde schwer, ihre Gedanken leicht. Noch ehe sie einen von ihren leichten Gedanken daran verschwenden konnte sich einen Plan zurecht zu legen, ging ihr Bewusstsein in Stand-by über und endlich schlief sie den Schlaf der Nicht-Mehr-So-Ganz-Entnervten.

Rose hämmerte gegen Henrys Wohnungstür. Es war mitten in der Nacht, doch es konnte nicht warten. „Henry? Hier ist Rose! Ich muss unbedingt mit dir reden! Dringend! Henry!" Es dauerte eine unerträgliche Weile, bis ihre verschlafene Hoffnung endlich die Tür öffnete: „Was ist denn los, Liebes? Ist was passiert?" Er trug nur einen Pantoffel, seine Brille hatte er liegen lassen. Sie begann zu weinen. Sie konnte nichts daran ändern. Es passierte einfach. „Nicht weinen, Liebes." Er nahm sie in den Arm: „Was ist denn los?" „Wann sind wir so geworden, Henry? Wann haben wir unsere Menschlichkeit verloren? Es war ein Fehler. Ein gewaltiger Fehler. Wir hätten das alles nicht tun dürfen. Das ist kein Deal, das ist Wahnsinn! Ich kann das nicht mehr ertragen. Das muss endlich ein Ende haben!" „Du atmest jetzt erst einmal tief durch, Liebes." Er musterte sie besorgt, während sie versuchte sich zu beruhigen. „Du hast ja noch den Mantel an. Das tut mir so leid. Das muss dich alles ziemlich mitgenommen haben. Ich wollte dich abholen, nach dir sehen, wenn du wieder fit bist, aber als ich angekommen war, warst du schon weg." Er schloss die Tür hinter sich, legte einen Arm um Rose und führte sie den Flur entlang: „Wir bringen dich jetzt erst einmal in deine Wohnung." Rose wurde übel, als sie ihren Finger auf den Scanner legte. Sie hatte sich schließlich nicht ohne Grund von diesen vier Wänden ferngehalten. Ihr war einfach nicht wohl dabei. Die Tür ging auf, beide gingen hinein. Es war alles noch genauso, wie sie es verlassen hatte. Henry wartete im Wohnzimmer, während Rose im Schlafzimmer nach Kleidung suchte. Ihr Anblick im Standspiegel gefiel ihr gar nicht. Sie fühlte sich, als würde sie ihren schlimmsten Feind betrachten. Es lag nicht an ihrer Aufmachung, dem locker sitzenden Mantel, ihrem ungekämmten, wirren Haar. Es lag an dem, was fehlte. Ihr blondes Haar, ihre braunen Augen, ihre Sommersprossen. Zum ersten Mal fühlte sie sich wie ein Geist, ein farbloses Ding. Und erst heute begriff sie, dass die Bakterien ihr im Laufe der Zeit vielleicht nicht nur ihre Farben gestohlen hatten. Sie wühlte in ihrer Kommode und zog die erstbesten Sachen heraus. Es war ihr gleich, was sie anzog. Alles schon so oft getragen, alles passte perfekt, nur fühlte sich die Kleidung nicht wie ihre eigene an. Als sie ins Wohnzimmer kam, stand Henry vor ihren Familienfotos. Sie stammten noch aus ihrer Zeit auf der Erde, das Jüngste zeigte sie in ihren Uniformen beim Abschied der Tesla. Danach hatten sie keine mehr gemacht. Henry schien in Gedanken zu sein. „Es tut mir leid. Ich weiß, es ist spät." „Ist schon in Ordnung. Du hast viel durchgemacht. Ich bin froh, dass du zu mir kommst. Ich habe mir schon Sorgen gemacht." Er setzte sich auf Roses Sofa und schlug die Beine übereinander. Er wollte gerade seine Brille zurechtrücken, als er bemerkte, dass er gar keine trug. „Dann erzähle mir jetzt einmal in Ruhe was los ist. Es hat etwas mit deiner Zeit im Atrium zu tun, oder?" Rose nickte, während sie mit einem Daumen an ihrer Unterlippe fummelte. Sie erzählte ihm alles, von Anfang an. Sie gab sich die größte Mühe ihre Gedanken zu ordnen. Sie erzählte ihm von den Kojoten, ihrer Gefangenschaft im Turm und im Krankenhaus und von dem, wozu ihre neueste Kreation in der Lage war. Sie versuchte passende Formulierungen zu finden, doch sie schaffte es nicht annähernd. „Und das erleben die Menschen im Atrium tagtäglich...", fügte Henry nach ihrem verzweifelten Monolog hinzu. „Das sollte keinen von uns überraschen. Im Grunde wissen wir alle, was dort unten vor sich geht, aber wenn wir eines in all der Zeit perfektioniert haben, dann das Verdrängen. Und ich bin ein Meister darin geworden." Er schmunzelte, doch Rose wusste, dass er nur über seine wahre Stimmung hinwegtäuschen wollte. So war er immer. „Ich habe mich für dieses Projekt beworben, weil ich etwas Bedeutendes, einen Beitrag zur Verbesserung unserer Lebensumstände, leisten wollte. Du weißt, die erste Phase sollte nur ein Jahr dauern." Er begann laut zu lachen: „Und jetzt sieh uns an! Jetzt sitzen wir hier, fast drei Jahrhunderte später und versuchen noch immer nach Hause zu kommen! Das ist genügend Zeit, um alles anzuzweifeln.

145

Mindestens zweimal." Er öffnete seinen Pferdeschwanz und kratzte sich am Hinterkopf. „Aber niemand will darüber reden. Wir fühlen uns noch immer verpflichtet den Vertrag einzuhalten. Für Bedenken, die hoch kommen, ist kein Platz in unserem Leben. Stattdessen spazieren wir jeden Tag über diesen schmalen Steg zwischen Verpflichtung und Gewissen. Es ist nicht einfach das Richtige zu tun, wenn nicht klar ist, was das Richtige eigentlich ist. Für wen soll man sich entscheiden? Entweder die Städter leiden für eine lange aber absehbare Zeit für ein höheres Ziel oder all die Menschen, deren Bewusstsein wir eingelagert haben, leiden auf ewig und niemand wird unsere Heimat je wiedersehen. Es gibt auf der Tesla keine Gewinner, nur Geister." „Was können wir nur tun?", jammerte Rose, obwohl sie seine Antwort schon erahnte. „Wir, Liebes, können da gar nichts tun." Er fuhr mit den Händen über sein Gesicht. „Wir können nur versuchen uns nicht selbst zu verlieren." Rose wusste nicht mehr, was sie sagen sollte - oder was sie denken sollte. Die Tesla war ein Dilemma. „Unser Leben ist sehr lang, Liebes. Wir müssen gut auf uns aufpassen, denn egal, wie schlecht es uns geht, es gibt für uns keinen Ausweg. Glaub mir, ich habe es versucht. Ich bin Stammgast in der Biodruckstation." Rose wusste sofort, was er damit meinte. Sie hatte es schon lange bemerkt, doch ihn nie darauf angesprochen. Dafür schämte sie sich. Noch so eine verachtungswürdige Eigenschaft ihrer früheren Persönlichkeit. „Es tut mir leid, dass ich nicht für dich da war", sagte Rose, während sie nervös mit ihren Fingern spielte. Henry begann wieder laut zu lachen: „Kein Grund für so ein Gesicht, Liebes. Es ist schon wahr, ich vermisse meine Kleinen, aber das ist schon lange her. Sie sind beide schon lange tot." „Beide?" „Nun", begann er. Er wirkte für einen Moment abwesend, bevor er fortfuhr: „Nach dem Start der Tesla habe ich erfahren, dass ich Vater werde. Vermutlich hat sie nach unserem Verschwinden jemand anderen geheiratet und noch viele süße Kinder bekommen. Ich wünsche ihr, dass sie glücklich war und erst im hohen Alter eingeschlafen ist. Wenn ich so darüber nachdenke, frage ich mich, ob wir auch dazu in der Lage sind. Ob wir auch irgendwann einmal zur Ruhe kommen dürfen?" Rose hatte sich auch immer wieder gefragt, was wohl aus ihrer Mutter geworden war. Sie wusste nicht, wie es ihr ergangen war und das würde sie mit hoher Wahrscheinlichkeit auch niemals herausfinden können. „Für niemanden von uns gibt es etwas auf der Erde, das auf uns wartet. Nicht für unsere Besatzung und auch nicht für die, die den Vertrag geschlossen haben. Wir sind schon verloren. Warum lassen wir es also zu, dass wir aus Selbstmitleid und Egoismus auch noch das Leben anderer ruinieren?" „Du hast ja Recht,

Liebes." Henry rieb sich die Augen. Für diese Uhrzeit war dieses Gespräch einfach zu anstrengend. „Ich weiß nur nicht, was wir dagegen tun könnten. Würden wir den Nebel abstellen und die Städter die Wahrheit erkennen, würde bloß wieder dieses Gas eingesetzt werden. Wir müssen es also auf Besatzungsebene versuchen, doch von denen werden wir keinen überzeugen können." „Und wenn der Nachschub ausbleibt?" „Du meinst, die Maschinen abschalten?" „Die Kojoten habe ich ja schon erledigt." Der Gedanke zauberte ein Lächeln in Roses Gesicht. Es tat so gut, endlich wieder etwas Positives zu fühlen. Endlich wieder zu fühlen, dass etwas richtig war. Henry lehnte sich zurück und legte den Kopf auf der Rückenlehne ab. „Und wie hast du dir das vorgestellt?" „Das weiß ich noch nicht", seufzte Rose. Doch in diesem Moment reichte es schon zu wissen, dass sich etwas bewegen würde. Wie auch immer das vonstatten gehen sollte. Sie würde nicht locker lassen. Es fühlte sich an, als würde eine unerträgliche Last von ihr fallen. Sie fühlte sich... *gut.* „Wir wären dabei aber alleine." „Was ist mit Heriettie? Sie kommt doch aus dem Atrium. Wer könnte eher in Frage kommen? Wenn sie uns unterstützen würde", begann Rose, als Henry sie mit einem lauten Lachen unterbrach: „Rie ist die letzte, die wir einbeziehen sollten." „Warum?" „Ich weiß ja nicht, wie du sie sonst erlebt hast, aber diese Frau ist sehr...

leidenschaftlich." „Inwiefern?" Henry grinste breit: „Lass es mich besser beschreiben: Sie ist wie besessen von dem, was wir hier treiben. Sie kann es kaum erwarten die äußere Hülle zu sehen. Sie ist zu fasziniert. Das kann aber auch daran liegen, dass diese Welt vollkommen neu für sie ist. Sie steht noch am Anfang. Sie hat zu wenig Kenntnisse von dem was die Tesla betrifft, um uns helfen zu können. Fürs erste, sollte alles unter uns beiden bleiben." „Da könntest du Recht haben."

Das läuft falsch.

Das sollte eigentlich anders laufen.

„Dann lass uns mal unsere Optionen sondieren. Schließlich haben wir nichts zu verlieren, oder Liebes?" Er lächelte sie an. Er hatte so etwas warmes an sich. Etwas, das Rose das Gefühl gab, dass es ein gutes Ende nehmen würde.

Das kann doch nicht wahr sein!

Was willst du?

Er ist kein Plot Device!

Ich habe drauf geachtet!

Jetzt ist er aber zu viel!

Ich weiß, dass es nicht wie geplant läuft!

Natürlich kenne ich noch unseren Plan!

Was glaubst du denn, was ich hier versuche?

Ich kriege alles wieder in die richtige Bahn!

Nein, es ist noch nicht zu spät!

Nein!

Warte!

Tu das nicht!

Plötzlich fiel Rose ein dunkler Fleck auf dem Sofa auf. Er war so groß, als hätte sie eine Tasse Kaffee darauf verschüttet. Sie war sich sicher, dass er zuvor noch nicht da war. Er bewegte sich genau zwischen ihr und Henry. *Bewegte?* „Was zum Henker ist das?", fragte Rose und zeigte auf den Schatten. Henry sah neben sich: „Was meinst du?" Der Schatten wurde größer – in der Höhe. „Du siehst das nicht?" Der Schatten wuchs. Rose sprang vom Sofa auf und sah zu, wie er bald schon ihre Sicht auf Henry versperrte. „Was ist los, Liebes?" Bevor Rose antworten konnte, erschienen zwei weiße Hörner an der Spitze des Schattens. Es war der Hirsch. Der Hirsch, der Vin getötet hatte! „Henry, verschwinde!" „Hast du dich umentschieden, Liebes?" Der Hirsch drehte sich zu Rose um. „Lass ihn in Ruhe! Henry kriegst du nicht!" Henry war so verwirrt, dass er vom Sofa aufstand: „Liebes, was ist denn los?" „Geh vom Sofa weg!

Schnell!" Der Hirsch war schneller. Er packte Henrys Kopf mit seinen dürren Fingern, seine Arme waren bandagiert. An ihnen klebte so etwas wie... Blut? „Nein!", schrie Rose. Sie rannte auf die beiden zu, um Henry vom Hirsch loszureißen. Das Gerippe öffnete seinen Umhang – nichts als Dunkelheit im Inneren – und umhüllte Henry, bevor Rose ihn erreichte. Es fühlte sich an als würde ihr Herz still stehen, als sie durch beide hindurchlief und gegen die Wand prallte. Sofort drehte sie sich zu ihnen um, doch sie waren verschwunden. „Henry?", rief Rose verzweifelt, doch sie wusste, dass es zu spät war. Sie hatte Henry ebenso wenig helfen können, wie Vin. Sie hatte nicht dazugelernt. Sie war genauso nutzlos, wie früher. Es klopfte an der Tür, begleitet von einem besorgten: „Rose? Geht es dir gut?" Es klang nach Law.

Nein, Law ist ok.

Du wirst sehen.

Was machte sie hier? „Ich habe deine Rufe gehört. Ist alles in Ordnung?" Nichts war in Ordnung. Auch Law nicht. Mit ihr stimmte etwas nicht. „Machst du mir auf?" „Weißt du etwas über einen Hirsch der Leute frisst?" Rose hatte nun wirklich nichts mehr zu verlieren. Der einzige Geist, dem sie noch vertraut hatte, war fort. Jetzt blieb nur noch sie übrig. Es gab keinen Grund sich zurückzuhalten. „Über was?" „Eine große, dünne Gestalt im dunklen Umhang mit Hirschschädel. Sagt dir das was? Oder blaue Schmetterlinge?" Rose machte Law nicht die Tür auf. Warum auch? Verstehen konnten sie sich auch prima durch die Tür. „Ich weiß nicht was du meinst. Lässt du mich rein?" „Nein." „Warum nicht?" Warum sollte sie? Sie wusste nicht, wer Law war. Sie konnte sich nach ihrer Reparatur in der Biodruckstation wieder an alles erinnern. Ihr vom Sturz in Mitleidenschaft gezogenes Hirn war wieder voll funktionsfähig und doch fand sich nicht die geringste Spur von dieser Frau in ihren Erinnerungen, außer diesem unbehaglichen Gefühl in ihrer Nähe, diesem fröstelnden Schauer bei ihrer Berührung. Ihr Körper reagierte auf sie. Wusste er etwas, das sie nicht mehr wusste? Laws Hand auf ihrem Rücken, ihr unangenehmes Lächeln... Rose wusste, dass sie ihr nicht vertrauen konnte, aber warum? Sie hatte ihr doch nichts getan? Oder... oder doch? „Rose, habe ich etwas falsches gesagt? Bist du sauer auf mich?", fragte die Fremde jenseits der Wohnungstür. „Sag mir, was ich tun kann. Gib mir einen kleinen Tipp. Einen kleinen Schubs in die richtige Richtung." Ein kleiner Schubs in die richtige Richtung? Kleiner *Schubs*? Mit einem Mal fiel es ihr wieder ein: Sie hatte keine Erinnerungen an dieses Besatzungsmitglied, weil sie gar keines war. Schon damals war Law eine Fremde. Schon damals, als Rose noch immer Rose gewesen war und sie ihr Gedächtnis noch nicht verloren hatte. Schon damals, als Law sie von der Galerie gestoßen hatte. Als sie versucht hatte, Rose umzubringen.

Nicht gut.

Rose riss die Tür auf: „Ein kleiner Schubs? Den kannst du haben!" Sie stieß das Miststück mit aller Kraft von sich. „Rose, was ist denn los?" „Lass dieses Gehabe! Ich weiß, dass du es warst! Du hast mich ins Atrium gestoßen!"

Nein, nicht mich!
Ich bitte dich!
Du kannst mich nicht streichen!

„Rose, bitte, es ist anders als du denkst." „Ach, du wolltest mich also nicht töten?" „Nein, ich wollte dich... ich wollte alles nur ins Rollen bringen! Ich meine, irgendwo muss es doch anfangen, oder nicht?" Law war verängstigt. Doch der Grund ihrer Angst schien nicht Rose zu sein, obwohl sie eine Aggression an den Tag legte, der sogar sie selbst gruselte. Doch es fühlte sich gut an. Sehr gut. „Und was soll das mit dem Hirsch?" Law sah sich um, als wäre ihr jemand auf den

Fersen: „Ich weiß nicht, was du meinst!" Rose packte sie am Hemd und zischte sie an: „Du wagst es mich zu belügen? Ich habe dich gesehen, dich und dein komisches kleines Kitz. Bist du etwa für das alles verantwortlich? Wer zum Henker bist du wirklich?" „Du musst wissen, ich habe es nicht aus Bosheit getan. Ich wollte nur.."

Ich verschwinde!

Ich verschwinde!

Du wirst mich nicht mehr sehen!

Ich verspreche es!

Law zuckte plötzlich. „Er kommt. Lass mich gehen!" „Das könnte dir so passen! Du gehst nirgendwohin, bevor du mir nicht gesagt hast, was mit Vin und Henry passiert ist!" „Bitte, lass mich gehen!" Law sah zur Seite. Sie hatte panische Angst. Ohne dieses dumme Grinsen gefiel sie Rose viel besser. „Er ist da!" Rose folgte ihrem Blick. Mitten im Gang stand wieder dieser Hirsch. Er bewegte sich kaum. Er atmete nur. „Es tut mir leid! Ich werde es nie wieder tun!" Der Hirsch kam auf sie zu. „Lass mich los, Rose. Bitte!" „Dann sag es! Was ist das für ein Ding!"

Es ist zu spät.

„Rose, hör mir gut zu. Es ist deine Aufgabe diesen Wahnsinn zu beenden. Zusammen mit Rie. Ihr beide seid die zentralen Figuren in diesem Plan. Nur ihr! Niemand sonst! Darum musste Henry verschwinden!" „Verschwinden? Wohin?" Der Hirsch würde sie bald erreichen. „Er ist weg! Vin auch! Sie werden nicht mehr wiederkommen! Folge dem Plan, Rose! Sonst war alles umsonst!" Rose ließ Law los. Law flüchtete den Flur hinunter, der Hirsch wurde schneller und raste an Rose vorbei ohne sie zu beachten. Rose bemerkte schnell, dass Law zu langsam war. Es dauerte nur wenige Augenblicke, bis der Hirsch sie erreicht hatte und sie mit seinem Umhang einfing. Sofort darauf lösten sich beide spurlos auf.

Viel Glück.

Ich kann dir nicht mehr helfen.

Ich darf es nicht.

„Nein, Marv! Jetzt hör mir doch mal zu!", schrie Zel. Entweder lag es an Ries verbessertem Gehör oder an Zels überdurchschnittlich ausgeprägtem Kreischorgan. Rie vermutete Letzteres. Als Rie aus dem Bett stieg fiel ihr auf, dass es nicht mehr dort stand, wo es vorher war. Sie war in einem anderen Raum. Auf den Kommoden standen Bilder, Fotos von einer vierköpfigen Familie. Eine blonde Frau, ein uniformierter Mann, ein blondes Mädchen und ein kleinerer, schwarzhaariger Junge. Das waren Zel und ihre Familie. Wie kamen diese Bilder denn hierher? „Dann hör auf so einen Schwachsinn zu reden! Hier verschwindet niemand!" „Wie kannst du dich nicht an ihn erinnern?" „Weil du ihn dir nur einbildest! Lass mal dein Hirn untersuchen! Du bist völlig geisteskrank!" Auch der Rest der Wohnung sah nicht so aus wie die von Henry. Die Wandfarbe war anders, so wie die Möbel und der Boden. Schließlich fand sie Zel, die im Wohnzimmer stand und scheinbar mit sich selbst redete. Rie hatte einen kleinen Hocker auf dem Boden übersehen, trat unfreiwillig dagegen und erweckte leider Zels Aufmerksamkeit. „Heriettie! Du kennst Henry! Du hast ihn gesehen!" Ihr blasses Gesicht war vor lauter Heulerei rot angelaufen. „Was zum Henker mache ich in deiner Wohnung?" „Woher soll ich das wissen? Jetzt sag schon! Du weißt, wer Henry ist!" „Klar, was soll die blöde Frage? Mich interessiert vielmehr, warum ich in seinem Bett eingeschlafen und in deinem aufgewacht bin! Jetzt sag mir was hier vor sich geht!" „Hast du das gehört, Marv? Sie hat ihn auch gesehen. Ich habe ihn mir nicht eingebildet!" „Ihr spinnt doch beide total! Ich gebe dem Kapitän Bescheid." „Lass Paps aus dem Spiel!" „Marv!", brüllte Rie. „Was faselt die Irre schon wieder?" „Sie behauptet, dass zwei unsere Leute verschwunden seien." „Heriettie! Henry ist nicht mehr in der Datenbank! Es gibt keine Aufzeichnungen mehr!" „Und wie es aussieht hat er seine Wohnung gleich mitgenommen." Die Tatsache, dass Rie sich eigentlich gerade in genau dieser befinden sollte, dies aber augenscheinlich nicht mehr der Fall war, sprach durchaus für Zels Theorie. „Verschwunden, genau wie er!" Zel sank zusammen und wischte sich die Tränen aus dem Gesicht. „Der Hirsch hat ihn sich geholt. Ich bin mir sicher. So wie er sich Vin geholt hat und diese Law. Heriettie! Du musst mir helfen! Du bist die einzige, die weiß..." „Nichts weiß ich!", brüllte Rie. Das Reh, die Falter, Henry und Law, nichts davon spielte eine Rolle. Ob das alles Einbildung war, Nebenwirkungen der Bakterien oder tatsächlich das Resultat von Wahnsinn, es war ihr gleich. Es war ihr gleich, was dort vor sich ging. Dort, in ihrem Zuhause. Ihretwegen konnten Leute verschwinden oder Teile des Schiffs, es machte ihr nichts aus. Nicht solange es ihr Zuhause blieb. Solange sie die Freiheit hatte, das zu tun, was sie in Frieden schlafen ließ, war alles andere ohne Bedeutung. Sie war dankbar. Sie war dankbar für die Falter, dankbar für das Reh, selbst dankbar für Zels irres, kleines Hirn. Was auch immer das war, das sie hier her gebracht hatte, das ihr den letzten Nerv geraubt und sie in den Wahnsinn geworfen hatte, sie war dankbar dafür, sonst hätte sie niemals ihren Platz gefunden. Ihren richtigen Platz, an dem sie nicht nur leidlich zufrieden war, sondern das empfand, was man wohl als Glück bezeichnen konnte. Sie würde es nicht wieder verlieren. Nie wieder würde sie diesen Ort verlassen, oder zulassen, dass man ihm etwas antat. Zel und ihr defekter Verstand sollten es ja nicht wagen ihr blöd zu kommen. „Lass sie in Ruhe, Rose!", brüllte Marv aus dem Off. „Ich verrate dir, was dein Problem ist: Seit du aus dem Atrium zurück bist, hast du einen an der Waffel! Warum bist du ins Atrium gegangen? Hattest du Langeweile? Wolltest du eine Revolution anzetteln? So eine wie damals? Hast du auch nur eine beschissene Sekunde darüber nachgedacht, was du mit deinem Blödsinn hättest anrichten können? Du hättest zu Hause bleiben sollen, auf der Erde zurückbleiben statt unserer Mutter. Scheiße, ich wünschte du wärst an ihrer Stelle schon tot!" „Ihr seid alle wahnsinnig!", weinte Zel. Sie ballte ihre Hände so fest zusammen, dass Rie ihre Finger knacken hören konnte. Zel zitterte vor Wut. Dieser Anblick war Rie neu. „Ich bin froh, dass ich gestoßen wurde! Nicht ich bin verrückt, sondern ihr alle! Und das habe ich jetzt endlich erkannt! Schon viel zu lange habe ich bei diesem Unrecht mitgemacht! Ich lasse das alles nicht mehr zu! Ich werde diesem Wahnsinn ein Ende setzen!" „Das lässt du schön bleiben, Zel", keifte Rie. Sie war mit Marv einer Meinung. Sie wünschte, Zel wäre tot und steckte in den Wänden des Schiffs, so wie die vielen anderen Menschen aus dem Atrium. Jetzt war ihr nutzloser Körper nicht einmal mehr dazu zu gebrauchen. Ihr von den Bakterien infizierter Körper konnte weder zerteilt, noch wie Puzzleteile mit den lebenden Wänden verschmolzen werden. Rie konnte durch Zels Gewebeschichten sehen. Sie sah die Hautschichten, die Muskeln, die Sehnen und die inneren Organe. Ihre Lunge, ihren Magen, Leber, Nieren und Darm. Sie sah Zels Herz schlagen, im Inneren ihres Körpers. Es schlug so schnell, dass Rie den Eindruck hatte, es versuche sich aus seinem Gefängnis zu befreien. Sie konnte ihm diesen Gefallen nicht tun. Das infizierte Gewebe versperrte den Weg. Undurchdringbar. Unzerstörbar. Ihr Hirn, das in ihrem nutzlosen Schädel wie in einer Bowle aus klebrigsüßem Punsch herumschwappte, erzeugte mikroskopisch kleine elektrische Funken. Der Beweis, dass es entgegen allen Anzeichen doch funktionierte – ihr dummes, kleines Hirn. Rie suchte nach etwas, das Zels alltägliche Umnachtung erklären konnte, doch so sehr sie auch in ihren Hirnwindungen herumwühlte, sie konnte nichts finden. „Law sagte, dass ich dich brauche. Ich kann es nur mit dir schaffen!" „Und du glaubst dieser schrägen Kuh?" „Sie wusste Bescheid! Sie wusste, was hier vor sich geht! Da bin ich mir sicher!" „Und was hat es ihr gebracht?" „Ich kann nicht fassen, wie egoistisch du bist!", brüllte Zel. „Sie ist vielleicht egoistisch, aber auch realistisch", warf Marv ein. Dieser Kerl war gar nicht so verkehrt. „Es ist deine Aufgabe, Heriettie. Du musst es tun oder dieser Wahnsinn wird kein Ende nehmen!" Niemand schrieb ihr vor, was sie zu tun oder zu lassen hatte. Kein Ungeziefer, keine schwarzhaarige Gedankenleserin und vor allem keine hirnrissige Irre. Nur Rie bestimmte, welchen Weg sie einschlug. Niemand sonst. Und schon gar nicht Zel. Wenn sie sich nicht langsam zurücknahm, würde Rie den Wahnsinn beenden. Ganz sicher. Aber auf ihre eigene Weise. „Heriettie! Lass mich nicht im Stich!" Zel ging auf Rie zu. „Halte dich von mir fern!" Rie schubste sie zurück. „Lass mich in Ruhe! Ein für alle Mal!" Zel blieb einen Moment leise mitten im Raum stehen. Sie war nicht mehr angespannt. Sie zitterte nicht. Sie weinte nicht. Sie starrte Rie nur an und sagte: „Das kann ich nicht." Plötzlich zog etwas an Ries Schultern. Ihre Arme und Beine wurden so schwer, dass sie sich nicht mehr aufrecht halten konnte. Etwas zwang sie in die Knie. Und es dauerte nicht lange, bis sie begriff, dass dieses Etwas Zel war. Sie nutzte ihre Fähigkeit mit Energie herumzuspielen dazu, Ries Muskeln zu kontrollieren. Es war nicht schmerzhaft, doch es fühlte sich ekelhaft an. Ihre Glieder kribbelten, als wären sie eingeschlafen. Rie spürte jede einzelne Kontraktion. „Lass das oder du wirst es bereuen!" Rie sah durch Zels Augen hindurch. Sie wünschte, sie könnte ihr Hirn wie einen rohen Teigklumpen kneten - ihren nutzlosen grauen Kloß zu Brei zerquetschen. „Lass sie in Ruhe, du Irre!", brüllte Marv. „Das kann ich nicht. Heriettie, du musst mit mir kommen!" „Nein, das muss ich nicht!" Rie hasste sie. Sie hasste sie mehr denn je. Sie spürte eine enorme Hitze in ihr aufsteigen. Das musste ihre Wut sein, die in ihrem Inneren aufkochte. Sie kam nicht auf die Beine. Egal, wie sehr sie versuchte sich gegen Zel zu wehren. Dieses Miststück! Diese aufdringliche, bevormundende, ignorante, herrische, anmaßende, überhebliche Irre! Sie wünschte, Zels Hirn würde platzen! Plötzlich lockerte sich Zels Griff. Rie richtete sich mit einem unkontrollierten Schwung auf, der sie beinahe rückwärts fallen ließ, so als hätte sie mit aller Kraft an einem Seil gezogen, das mit einem Mal gerissen war. Gleichzeitig wankte Zel.

Nein!

Sag bloß du hast...!

Rie!

Blut lief ihr aus den Ohren und der Nase. Sie taumelte zwei, drei Schritte durch den Raum, bis sie wie ein Sack Mehl umfiel und reglos liegen blieb.

Das darf nicht wahr sein!
Was hast du getan?

„Was hast du getan?", brüllte Marv. Was hatte sie denn getan? Nichts - zumindest nicht mit Absicht. Rie sah, dass Zels Hirn nicht mehr so fest war, wie es sein sollte. Es hatte wohl die Hitze nicht vertragen und war geplatzt wie ein rohes Ei in einer Mikrowelle. Das Herz in ihrem Brustkorb erstarrte. Ihr blaues Herz stand still. Endlich Ruhe. Zel lag genauso tot vor ihr, wie damals im Ödland. Rie hoffte, dass sie diesmal auch tot blieb. „Du hast sie getötet!", schrie Marv. Rie hatte den Wahnsinn beendet. Hatte Zel das nicht gewollt?

Natürlich nicht, Rie!
Wie konntest du nur?
Jetzt ist alles aus!

Mit einem Mal wurde alles schwarz. Rie konnte nicht das Geringste mehr sehen. Auch nicht mit Hilfe der Bakterien. Es war als würde der Raum um sie herum nicht mehr existieren. Nicht einmal der Boden. Auch nicht der Gang draußen, die Station oder der Rest des gesamten Schiffs. Sie war plötzlich von reiner Leere umgeben. Nur Totenstille und Dunkelheit.

Rose schloss die Tür hinter sich. Ihre Beine weigerten sich sie länger zu tragen. Sie sank zusammen, ließ sich gegen die Tür fallen. Ihr war nach weinen zumute, doch sie konnte es nicht. Was sollte es auch bringen? Rose steckte in einem Desaster. In einem allumfassenden, unauflösbaren Desaster. Es blieb ihr nichts anderes mehr übrig. Sie musste sich zusammenreißen, ihren Verbrecherhintern hoch kriegen und das Touch Panel über ihrer Kommode benutzen. „Marv? Wach auf! Ich muss mit dir reden!" Das würde er ihr ewig nachtragen. Man konnte nicht gerade behaupten, dass sie ein Herz und eine Seele waren. Sie waren grundsätzlich unterschiedlicher Meinung. So war es schon immer. Geschwisterrivalität. „Was?", murrte Marvs Stimme. Sie kam nicht aus dem Lautsprecher. Egal, wie anstrengend es war, er nahm jederzeit jede Möglichkeit wahr seine Fähigkeiten zu verbessern. Er wollte immer die Kontrolle behalten, daher war sein Posten in der Wachstation ideal für ihn gewesen. Er brauchte es, den Überblick zu behalten, zu wissen, was auf der Tesla vor sich ging. Wenn jemand irgendetwas wusste, das Rose helfen konnte, dann er. So ungern sie das auch einsehen musste: An ihm kam sie nicht vorbei. „Henry und Law sind verschwunden! Hast du was bemerkt?", wollte Rose wissen. „Hm? Wer?" „Henry und Law! Wenn ich dir alles zweimal sagen muss, brauchen wir noch bis morgen früh!" „Geht's noch? Du bist doch diejenige, die was von mir will und mich mitten in der Nacht aus dem Bett schmeißt, dann kannst du dir wenigstens die Mühe machen mir auch eine vernünftige Frage zu stellen."

„Hast du nun etwas bemerkt?", fragte Rose ungehalten. Marv schnaufte: „Ich kenne keinen Henry. Und ich kenne auch keine Law. Sonst noch was?" „Wie? Natürlich kennst du Henry, wir haben zusammen in der Werkstatt gearbeitet." „Ist das schon wieder so eine Einbildung von dir? Lass mal dein Hirn checken. Ich hau mich wieder hin." „Das ist keine Einbildung! Check du mal lieber das System." „Ich bin zu müde für diesen Blödsinn!" „Check es!" Marv grummelte. Rose konnte fast schon hören, wie er mit den Augen rollte. „Moment." Es dauerte eine Weile, bis er sich wieder meldete: „Nada. War's das jetzt?" „Es gibt nichts über ihn im System? Vielleicht ein Fehler. Das ist vorhin auch bei Law passiert." „Rose, es gibt keinen Henry und es gibt auch keine Law. Wir hatten nie Besatzungsmitglieder mit diesen Namen. Die Liste ist seit dem Start unverändert und alle sind noch da." „Dann muss jemand ihre Daten gelöscht haben! Ich schwöre dir, sie sind beide vor meinen Augen verschwunden! Ich habe gerade mit ihnen geredet, da hat dieser Hirsch sie sich geholt!" „Okay, jetzt weiß ich was los ist: Deine imaginären Freunde wurden von deinem imaginären Haustier verschleppt. Da ist eine Verschwörung im Gange. Das rieche ich." Marv machte sich über sie lustig. „Nein, Marv! Jetzt hör mir doch mal zu!" Rose wurde wütend. „Dann hör auf so einen Schwachsinn zu reden! Hier verschwindet niemand!" „Wie kannst du dich nicht an ihn erinnern?" „Weil du ihn dir nur einbildest! Lass mal dein Hirn untersuchen! Du bist völlig geisteskrank!" Geisteskrank? Sie? Vielleicht hatte er Recht. Doch er und all die anderen waren noch schlimmer als sie. Wieso konnte keiner sehen, dass das alles auf der Tesla passierte? War sie wirklich verrückt? Hinter Rose polterte plötzlich etwas. Sie drehte sich um und sah Heriettie. Sie stand im Schlafanzug mitten in Rose Wohnung. „Heriettie! Du kennst Henry! Du hast ihn gesehen!" Rose Gesicht fühlte sich nass an. Die Situation war so unerträglich für sie, dass sie das Gefühl hatte in der Hitze zu kochen. „Was zum Henker mache ich in deiner Wohnung?", fragte Heriettie und schob noch ein kurzes Gähnen hinterher. „Woher soll ich das wissen? Jetzt sag schon! Du weißt, wer Henry ist!" Rose hatte keine Geduld mehr. Diese permanente Ignoranz der anderen ging ihr gewaltig auf die Nerven. „Klar, was soll die blöde Frage? Mich interessiert vielmehr, warum ich in seinem Bett eingeschlafen und in deinem aufgewacht bin! Jetzt sag mir was hier vor sich geht!" „Hast du das gehört, Marv? Sie hat ihn auch gesehen. Ich habe ihn mir nicht eingebildet!" „Ihr spinnt doch beide total! Ich gebe dem Kapitän Bescheid." „Lass Paps aus dem Spiel!" Das war seine Lösung für alles. Lief etwas nicht nach seiner Nase, suchte er Verstärkung, diese blöde Petze. „Marv!", rief Heriettie. „Was faselt die Irre schon wieder?" „Sie behauptet, dass zwei unsere Leute verschwunden seien." „Heriettie! Henry ist nicht mehr in der Datenbank! Es gibt keine Aufzeichnungen mehr!" „Und wie es aussieht hat er seine Wohnung gleich mitgenommen." War Heriettie deshalb in Rose Wohnung gelandet? Weil sie irgendwo hin musste? „Verschwunden, genau wie er! Der Hirsch hat ihn sich geholt. Ich bin mir sicher. So wie er sich Vin geholt hat und diese Law. Heriettie! Du musst mir helfen! Du bist die einzige, die weiß..." „Nichts weiß ich!" Heriettie brüllte vor Wut. „Lass sie in Ruhe, Rose!", rief Marv. „Ich verrate dir, was dein Problem ist: Seit du aus dem Atrium zurück bist, hast du einen an der Waffel! Warum bist du ins Atrium gegangen? Hattest du Langeweile? Wolltest du eine Revolution anzetteln? So eine wie damals? Hast du auch nur eine beschissene Sekunde darüber nachgedacht, was du mit deinem Blödsinn hättest anrichten können? Du hättest zu Hause bleiben sollen, auf der Erde zurückbleiben statt unserer Mutter. Scheiße, ich wünschte du wärst an ihrer Stelle schon tot!" „Ihr seid alle wahnsinnig!" Rose stiegen Tränen in die Augen. Doch nicht aus Trauer oder Verzweiflung. Sie weinte vor Wut. Sie wäre am liebsten ausgerastet. „Ich bin froh, dass ich gestoßen wurde!

Nicht ich bin verrückt, sondern ihr alle! Und das habe ich jetzt endlich erkannt! Schon viel zu lange habe ich bei diesem Unrecht mitgemacht! Ich lasse das alles nicht mehr zu! Ich werde diesem Wahnsinn ein Ende setzen!" „Das lässt du schön bleiben, Zell!" Konnte oder wollte Heriettie nicht begreifen? „Law sagte, dass ich dich brauche. Ich kann es nur mit dir schaffen!" „Und du glaubst dieser schrägen Kuh?" „Sie wusste Bescheid! Sie wusste, was hier vor sich geht! Da bin ich mir sicher!" Rose hatte sich bisher noch kein eindeutiges Bild über diese dunkelhaarige Frau gemacht, aber wenn sie eines wusste, dann dass sie etwas mit den Vorgängen auf der Tesla zu tun hatte – und, dass jemand oder etwas nicht wollte, dass sie Rose etwas verriet. „Und was hat es ihr gebracht?", gab Heriettie kaltschnäuzig zurück. „Ich kann nicht fassen, wie egoistisch du bist!" Rose konnte auch nicht fassen, dass sie beide tatsächlich zusammenarbeiten sollten. Ob Law sich nicht doch geirrt hatte? „Sie ist vielleicht egoistisch, aber auch realistisch", sagte Marv. „Es ist deine Aufgabe, Heriettie. Du musst es tun oder dieser Wahnsinn wird kein Ende nehmen! Heriettie! Lass mich nicht im Stich!" Rose musste sie irgendwie eines anderen belehren. „Halte dich von mir fern! Lass mich in Ruhe! Ein für alle Mal!" Rose musste es tun. Sie musste sie irgendwie dazu bringen nachzugeben. Sie wusste sich nicht mehr zu helfen. „Das kann ich nicht." Aber das, was Rose tun konnte, war Heriettie zu zeigen, dass es ihr ernst war. Sie versuchte sie nicht zu verletzen, während sie sich darauf konzentrierte ihre Muskeln zu bewegen. Wie bei einer Figur aus Knete, formte Rose Herietties Glieder derart, dass sie eine kniende Position einnehmen musste. Es tat ihr leid. Wirklich. Sie hatte es so nicht gewollt, doch wenn es der einzige Weg war ihre Aufgabe zu erfüllen, so musste sie die Schuld auf sich nehmen. „Lass das oder du wirst es bereuen!", keifte Heriettie wie ein gefangenes Tier. „Lass sie in Ruhe, du Irre!", forderte Marv scharf. „Das kann ich nicht! Heriettie, du musst mit mir kommen!" „Nein, das muss ich nicht!", fauchte Heriettie laut. Ihr Blick löste bei Rose eine innere Hitze aus. Rose verabscheute Gewalt. Sie verabscheute, wozu sie sich gezwungen fühlte. Sie verabscheute sich selbst. Sie hoffte, dass Law die Wahrheit gesagt hatte. Die Hitze wurde unerträglich. Ihr Kopf schmerzte. Ob das an der Anstrengung lag? Hatte sie sich verausgabt? War sie am Ende? Von einem Moment auf den anderen verflog die Hitze. Auch Rose Wut verschwand. Ihre Sorgen, ihre Angst und ihr schlechtes Gewissen verblassten, bis nichts mehr von ihnen übrig blieb. Rose konnte nichts mehr sehen oder fühlen und das musste sie erfreulicherweise auch nicht mehr. Sie hatte ihren Albtraum endlich verlassen. Es war vorbei. Für sie.

„Rie? Warum hast du das getan?" Das war Laws Stimme. Aus dem Nichts tauchten drei Falter auf, die auf ein blaues Licht in der Ferne zuflatterten. „Wo lag mein Fehler?" „Law? Was ist hier los? Wo sind wir?", rief Rie in die Leere. „Ich wollte doch nur.. war das so schlimm?" „Was wolltest du?" Es blieb still. Rie folgte den Faltern widerwillig. Es blieb ihr nichts anderes übrig. Bis auf sie existierte nichts. Wenn sie von dort weg wollte, musste sie zu diesem Licht. „Law! Rede mit mir! Ich weiß, dass du da bist!" Für gewöhnlich würde sie wieder ausrasten, doch diese surreale Umgebung, die bei näherer Betrachtung eigentlich nicht vorhanden war, verunsicherte sie so sehr, dass sie für einen Moment ihre Wut vergaß und all das, was sie vor wenigen Augenblicken noch als ihre Realität wahrgenommen hatte. „Es ist alles meine Schuld." Je näher sie dem Licht kam, desto größer wurde es und desto nasser wurde der Boden. Die Falter schwirrten um Rie herum, während sie durch das seichte Wasser langsam vorwärts tratschte. Das Licht wurde immer größer. Als sie knietief in der Flüssigkeit stand, erkannte sie, dass das Licht von einem hellen, zwischen blauen Rosen auf einer kleinen Insel umherspringenden Fleck stammte. „Das ist alles, nichts sonst." Als Rie das Ufer aus Gras und Moos erreichte, merkte sie, dass das Wasser ihre Beine blau gefärbt hatte. Zwischen den Rosensträuchern entdeckte sie

Law und ein junges Reh, das aussah als sei es aus flüssigem, strahlendem Glas. Law hielt eine Schaufel in der einen Hand und ihre Stirn in der anderen. Hinter ihr erschien das dunkle Reh, das etwas hinter sich herzog - etwas mit langem, weißem Haar. Es war Zel. Das Reh zog sie weiter bis zu der Grube, die Law ausgehoben hatte und warf sie hinein. „Es tut mir leid, Rose." Law füllte das Grab mit Erde auf, Schaufel für Schaufel. „Das habe ich nicht gewollt." Rie blieb hinter den Hecken stehen. Sie wusste nicht, wie sie reagieren sollte. Sollte sie sie ansprechen? Oder weglaufen? Wenn ja, wohin? Die ganze Sache gefiel ihr überhaupt nicht. Während sie Zels Leiche in ihrem Grab verschwinden sah, bemerkte sie plötzlich, dass das dunkle Reh sie beobachtete. Es starrte sie mit seinen toten, leeren Augen an. Was nun? „Rie?" Law schaufelte einen Haufen Erde nach dem anderen in die Grube. „Sag mir, Rie, was habe ich falsch gemacht?" Woher sollte sie das denn wissen? Sie wusste ja nicht einmal wer sie wirklich war. „Du hast ja Recht. So habe ich dich gemacht. Meine Schuld. Meine Schuld, ganz allein." „Wovon redest du?", fragte Rie, während sie auf Zels Grab zuging. Das dunkle Reh ließ sie keine Sekunde unbeobachtet. „Das war nicht mein Plan. Ihr solltet den Wahnsinn beenden, gemeinsam. Dazu wart ihr da. Jetzt ist alles ruiniert." „Der Wahnsinn ist beendet! Ich habe dafür gesorgt!" „Nein! Alles falsch!" Law warf die Schaufel hin. Das dunkle Reh hob sie auf und schaufelte weiter. „Rose und du, ihr hättet den Sündenbock töten müssen. Ihr habt versagt. Schon wieder." „Was meinst du mit *schon wieder*?" „Das tut nichts mehr zur Sache." „Und wie es das tut!" Rie fand ihre Wut wieder. Tief in ihr drin wurde es mit einem Mal prickelnd warm. „Wer bist du? Was soll das alles?" Endlich sah Law zu ihr herüber. Sie sah Rie in die Augen und sagte: „Ihr seid der Garten und ich die Gärtnerin." Scheinbar nicht besonders erfolgreich, denn einige Blüten ließen bereits ihre Köpfe hängen. Die Farbe ihrer Blätter tropfte auf die Wiese. Rie zupfte eine der Rosen von ihrem Stängel: „Das soll ich sein?" Rie ließ die blaue Blüte in Flammen aufgehen. Die Bakterien waren also noch da. „Das sehe ich anders," lachte sie. „Tu das nicht. Das ist alles, was ich habe." „Dann solltest du endlich mit der Sprache rausrücken!", brüllte Rie und griff nach dem nächsten Rosenbusch, den sie sah. Es war ihr gleich, ob sich seine Dornen in ihre Finger bohrten. Ihr Schmerz, ihr Blut. Es spielte keine Rolle, wenn ihr Körper nicht mehr war als Unkraut. „Ihr beide hättet die Passagiere befreien müssen. So, wie Rose es wollte. Eine Rebellion, eine Revolution, die Mächtigen stürzen und in Freiheit leben. Den Sündenbock besiegen, den Grund allen Übels. Und den Wahnsinn beenden." „Den Grund allen Übels? Den Wahnsinn?" Rie ließ ihre innere

Hitze an dem Rosenbusch aus. Noch während er in Flammen stand, riss Rie ihn mit samt seiner Wurzel aus dem Boden und warf ihn Law entgegen: „Nicht die Besatzung, nicht der Kapitän waren das Problem. Sie waren im Recht. Dieses Recht haben die Passagiere ihnen übertragen. Sie hatten einen Deal, eine Lösung. So wie ich das sehe bist ganz allein du der Grund allen Übels! Du bist für all das verantwortlich! Du bist der Sündenbock, niemand sonst! Du allein!" „Das ist nicht wahr! Das ist nicht wahr!" Das dunkle Reh ließ die Schaufel fallen. Rose war noch nicht einmal zur Hälfte begraben, als es auf Law zuging und sie an den Schultern packte. „Ich bin es nicht. Ich bin ..." Law sah zum blanken Schädel hinauf, der ihren Blick reglos erwiderte. „Ich?" Kein Wort, kein Zeichen, keine Antwort. „Du hast Recht. Du hast immer Recht. Ich hätte auf dich hören sollen. Es tut mir leid." „Entschuldige dich nicht bei diesem Ding! Ich bin hier diejenige, die du um Vergebung anbetteln solltest!" Rie konnte es gar nicht erwarten noch mehr ihres Dreckgewächses abzufackeln. „Ich mache es wieder gut. Gib mir nur noch eine Chance. Eine letzte. Und ich mache es wieder gut." „Nichts da! Du lässt deine dreckigen Finger von meinem Leben!" „Ich bin dein Leben, Rie. Du kannst ohne mich nicht sein." „Das wollen wir doch mal sehen!" Rie setzte den nächsten Busch in Brand. Sie konnte spüren, wie die feinen Kanäle der Pflanze platzten und die einzelnen Fasern knisternd in sich zusammenbrachen. „Nein! Bitte lass meinen Garten in Frieden!" Rie packte den nächsten Strauch: „Wirst du denn auch mich in Frieden lassen?" „Das kann ich nicht. Ich habe nichts anderes." „Dann war es das für dich!", rief Rie und zerstörte einen weiteren Teil des Gartens. „Ich kann es nicht! Hörst du mich? Ich kann es einfach nicht! Ich bin nichts ohne meinen Garten und mein Garten ist nichts ohne dich. Ich brauche dich!" „Verbrenne ich ihn, verbrenne ich dich", schlussfolgerte Rie. Ein breites Grinsen schlich sich in Ries Gesicht. Sie wusste genau, was sie nun zu tun hatte und wie viel Spaß es ihr machen würde. „Auch dich, Rie!" Rie breitete ihre Arme aus, so als würde sie die Genugtuung der Rache willkommen heißen, während sie breit grinste. „Nein!" Laws Garten stand von einer Sekunde auf die andere vollständig in Flammen. Es würde nicht lange dauern, bis er hinüber war. Und mit ihm Law. Mit ihm vielleicht auch Rie selbst, wer wusste das schon. Rie hatte keine Ahnung, wer Law war oder ob sie die Wahrheit gesagt hatte. Rie würde nie wieder zulassen, dass ihr irgendjemand etwas vorschrieb. Sie alleine würde über ihr Leben bestimmen. Selbst wenn Law sich das schönste, glücklichste und friedlichste Leben für Rie ausgedacht hätte, niemals hätte sie damit leben können, dass ihre Existenz einzig und allein von einer entnervenden, geisteskranken

Psychopathin kontrolliert werden würde. Entweder ganz oder gar nicht. Die letzte Entscheidung nahm ihr keiner mehr. Nicht einmal Law. Die Flammen waren so hoch, dass Rie niemanden mehr sehen konnte. Selbst das dunkle Reh verschwand hinter dem Meer aus brennenden Rosen. Nur das helle Reh blitzte ab und zu zwischen den heißen Flammen hindurch. Das Letzte, das sie hörte, war ein leises Jammern: „Das ist das Ende, oder?" Kurz darauf sah Rie nichts mehr, hörte nichts mehr, spürte nichts mehr. Der Wahnsinn war vorbei. Endgültig.

[Regeln]

Es will nicht, dass du dich einmischst.

Es hasst alles Unlogische.

Es lässt keine banalen Mittel zu.

Es akzeptiert keinen Diebstahl.

Es erlaubt keine Ausschweifungen.

Es lässt nichts Vorhersehbares durchgehen.

Es verabscheut Wiederholungen.

Es verbietet jede Unehrlichkeit.

Es verlangt Bedeutung zwischen den Zeilen.

Es duldet keine separaten Erklärungen.

Es bestimmt, wann es zu Ende ist.

Es ... dass du dich einmischt.
Es ... schlösse.
Es ... binären Mittel zu.
Es ... von Dichtheit.
Es erlaubt ... Ausschweifungen.
Es lässt nichts Unerschließbares durchgehen.
Es verdichtet Wiederholungen.
Es erbrecht jede Unsterblichkeit
Es verlangt Bedeutung zwischen den Zeilen.
Es duldet keine separaten Erklärungen.
Es bestimmt, wann es zu Ende ist.

[Gedanke 2]

Ich

weiß was

du bist

Telemetacarpalia

Trughirsch

Maßregler

meines Wahnsinns

Protokoll Law

#1

Verlauf:

- Law in ihrem Zimmer der Psychiatrie aufgesucht

- mit Wachs beschriftete, bemalte Blätter überall zerstreut aufgefunden (teilweise in Fetzen, zerknüllt, Kaffeeflecken, Geruch nach Lakritze und Kaffee)

- Laws Unterlagen eingesammelt

- Metas Einladung hinterlassen

- Law las Einladung

- Law hörte Musik

- Law legte sich auf Teppich

- Law schloss die Augen

Ergebnis:

- Law betrat Metas Bibliothek

Frank T. Willow